U0164437

Professor PowPow

MYTH KILLER

都市傳説解密

陽光文學

　　「各位觀眾大家好，我是 Professor PowPow。」我無法不用
這句常在我 Youtube 影片中出現的對白，作為本書的起始。我在
Youtube 這個平台上製作影片已有兩年了，這段時間裏我介紹了大
量暗網的內容，也破解了超過三十個著名都市傳說的真相。是的，
這些匪夷所思的故事、各種難以解釋的謎題，只要經過一番調查之
後，最終都會發現他們的真相非常簡單。

　　我所講解的都市傳說和普通的鬼怪故事不同，前者多有事實根
據證明其存在，有時是一張相片或一段短片。甚至，像是我之前在
Youtube 上破解過的「地鐵都市傳說系列」，整個廢棄建築都成為
了都市傳說的題材。因此，比起一般的鬼故事，它們的題材更貼近
生活，與社會文化、歷史息息相關。即使缺乏實質的證據，一個都
市傳說也必須是廣為人所知的，它們透過報紙、電台、以及近年的
網絡傳播，成為膾炙人口的故事。比如說，大頭怪嬰是香港著名的
都市傳說，即使無法證明其存在，只要提起大頭怪嬰，大家都知道
指的是什麼。然而，某某無名的街道拐角有鬼魂出沒就不是都市傳
說了。

　　2000 年後，互聯網技術蓬勃發展。我們這一代人或多或少都聽說過來自互聯網的都市傳說。加上暗網的出現，互聯網無疑成為了都市傳說醞釀的好地方。人人都可以在網上自由創作故事，只要獲得一定數量的轉載，若干年之後就會很容易變成都市傳說。在本書中解密的曼德拉效應和馬里亞納深網，就是來自互聯網的現代都市傳說。

　　雖說我破解了大量的都市傳說，但一開始製作這個題材的影片時，我是非常猶豫的。這就好像告訴小孩子每年送禮物給你的不是聖誕老人，或是將魔術的手法曝光一樣，豈不是很無趣嗎？不過後來我想到，一個好的故事，不需要是真實的。只要從另一個角度了解故事的細節，它能為我們帶來的並不只有娛樂和恐懼等單純的情感；如同電影結束之後，我們再來看它的拍攝花絮和後製過程，邊回味劇情邊感歎，原來故事是這樣製作出來的，也未嘗不是另一番風味。

無論讀者們有沒有觀看過我的 Youtube 影片，這都是我第一次以文字的形式與大家見面。在 Youtube 上發佈的都市傳說真相影片，謎底往往非常直觀，這是我有意篩選的結果。因為我必須將影片濃縮在數分鐘以內，否則我剪接影片的工作量就會大增。時間的限制，令我無法不避開一些需要長篇幅講解的都市傳說。因此在本書中，我一方面會秉着一貫的原則，詳細解密各種都市傳說的真相；另一方面會善用這個不一樣的平台，分析因以上原因難以做成 Youtube 影片的都市傳說。這些故事的調查、分析過程都較為曲折，時而需要大篇幅推理，真相也更複雜。所以各位在此書中讀到的都市傳說真相，都是我期待破解已久的壓箱之寶，在此希望各位能感受到不一樣的 PowPow 教授。

Professor PowPow

2017 年 11 月 28 日

目錄

第一章

俄羅斯雪山集體死亡
——迪亞特洛夫事件

在西元 1959 年 2 月 2 日深夜，蘇聯境內的北烏拉爾山脈發生了一次九名登山者連環怪死的神秘事件。遇害者的死法非常獵奇，部分死者全身骨折，其中一人的舌頭更「離奇消失」，輻射測試表明部分遇難者的衣物帶有很高的輻射性。

由於缺乏目擊者，蘇聯軍方的調查人員經過多年的調查，最終給出的死亡原因僅為「強大的未知力量」（Compelling Unknown Force）。在事故發生後的三年內，該地區被徹底封鎖，禁止任何滑雪者或探險家進入。這個案件在半個世紀後仍然充滿謎團，有不少人認為死亡慘劇是由外星人、邪教或是政府的陰謀引起。它曾被改編成電影和遊戲，成為了一個膾炙人口的都市傳說。

這便是，迪亞特洛夫事件（Dyatlov Pass incident）。

接下來，我會講述迪亞特洛夫事件的始末，以及分析可以找到的一切線索，希望可以揭開這個都市傳說的真相。

死亡登山隊的組成

時間回到 1959 年 1 月 23 日，地點是位於莫斯科以東約五百公里的俄羅斯第四大城市葉卡捷琳堡，也是烏拉爾理工學院的所在地。這所學院的滑雪登山部組織了一次驚險刺激的冒險，挑戰連綿兩千五百公里的烏拉爾山脈其中一座主要山峰——Otorten 山。這座山峰在當地被認為是邪惡的象徵，有神秘力量居於其中。而 Otorten 一字在當地的方言中，正正就是「不要去」的意思。結果，這群登山部成員還未能抵達目的地，便已全員遇難。

前來參加者總共有十人，包括八名男性和兩名女性，其中一半是該學院的學生，其餘的則是在學院工作的職工。他們一行人在二十三歲的領隊 Igor Dyatlov（迪亞特洛夫）的帶領下，浩浩蕩蕩地踏上了不歸之路。

這是一次長達三百五十公里的遠途旅程，Igor Dyatlov 自己及每一位隊員，都是有多年經驗的登山能手。登山是那個年代非常受歡迎、平民化的運動，畢竟在那個冰天雪地的蘇聯中部山區，你能找到的娛樂，除了登山和滑雪之外也不剩什麼了。

以下是這次登山隊的死者和人物關係圖：

姓名（年齡）	發現屍體地點	屍體外觀	死因	輻射性
Yuri Doroshenko (21)	樹下	穿着內衣、襯衫，沒有穿鞋，原本穿着的毛衣背心在 Dyatlov 身上	低溫症，腳部有被灼傷的痕跡	無
Yuri Krivonischenko (23)	樹下	穿着內衣、恤衫，沒有穿鞋，Lyudmila Dubinina 在他死後拿走了他的毛衣，並且脫下了他的內褲裹在自己的腳上	低溫症，腳部有被灼傷的痕跡	無
Igor Dyatlov (23)	距離營帳300 米	穿着非常單薄的衣服，沒有穿鞋，他穿着 Yuri Doroshenko 的毛衣，這件毛衣的原主人屬於因病離隊的 Yuri Yudin	低溫症	無
Zinaida Kolmogorova (22)	距離營帳630 米	穿着毛衣、外套和長褲，但是沒有穿鞋	低溫症	無
Rustem Slobodin (23)	距離營帳840 米	比其他幾位死者穿着較多衣服，但是只有一隻腳有穿東西	低溫症，頭骨破裂，手臂和臉部出現嚴重腫脹和擦傷	無
Lyudmila Dubinina (20)	山溝	腳上裹着 Yuri Krivonischenko 的內衣褲，並穿着從 Yuri Krivonischenko 身上脫下來的毛衣	嚴重胸部受傷，失去舌頭、眼睛、部分嘴唇及臉部組織和一塊頭骨	有
Semyon Zolotaryov (38)	山溝	穿着Lyudmila Dubinina 的毛衣外套，戴着帽子，頸上掛着相機，幾乎穿着完整裝備	嚴重胸部受傷，五條肋骨折斷，失去眼球	無
Alexander Kolevatov (24)	山溝	穿着毛衣和褲子，褲子的下半部分驗出輻射物質	低溫症，頭骨暴露，鼻樑斷裂	有
Nikolai Thibeaux-Brignolles (23)	山溝	和 Zolotaryov 一樣，幾乎穿着完整裝備，腳上穿着一對毛線襪子和雪靴	頭部嚴重受傷，頭骨出現粉碎性骨折，失去活動能力	無

登山隊向烏拉爾山出發

　　他們計劃先乘搭火車前往 Ivdel，然後坐汽車到位於烏拉爾山腳的村莊 Vizhai，再沿着 Auspi 河滑雪通過村莊北部來到 Otorten 山。他們的預定回程路線是直線向南到 Oykachakhl 山，然後在山腳下往東回到 Vizhai。從 Vizhai 算起，路線在地圖上形成了一個三角形。

　　從村莊 Vizhai 開始往北方行進、穿過森林和雪山，總路程大約數十公里，通過登山隊留下的計劃表可以得知，整個旅程預計要用十六天時間。很明顯，這條路線很具挑戰性，從 1950 年代的分級

法來判定，這是屬於次高級別的登山路線。就算到今天又開發了更多困難的登山路線，他們的路線依然不是每一位探險家都有膽量挑戰的，尤其是在發生了這場恐怖事件之後。

計劃路線的準備工作完畢，登山隊在 1 月 23 日啟程。他們花費了多日的時間，才來到烏拉爾山腳，以下摘自女隊員 Kolmogorova 寫下的日記：

「（1959 年 1 月 23 日）好吧，我們又展開了一次探險，現在我們坐在 531 號房裏，不是真的坐着，而是匆匆忙忙把罐頭、乾糧，還有其他食物裝進背包裏，管理物資的隊友在監察我們是不是帶齊了所有東西。然後我們上了火車，我們唱了很多歌，也學到了不少新歌。三點鐘，大部分隊員都已經入睡了，我覺得很興奮，等着我們的是一場探險。不知道這次探險會有什麼事等着我們。會發生什麼新鮮事嗎？今天，隊中的男孩子很驕傲地說着，他們一整個登山旅程都不會抽煙，我很好奇他們有沒有足夠的定力……」

滿懷期待的年輕人心中不存在一絲的恐懼，他們還未知道在前方等待他們的是一條什麼樣的道路。夜幕低垂，列車緩緩深入西伯利亞山區的針葉林帶。

翌日，全員在早上七點抵達 Serov。在火車站，警方覺得這一行人有點可疑而留住了他們，原因只是其中一名隊員在高歌。這在那個時期的蘇聯是常有的事。現在想起來，如果警方最終沒有放行的話，或許就能挽救這些人的性命吧。

Serov 是他們的第一個落腳地。除了執行公務的警察外，這裏的平民都非常友善。旅客對於這個不大的城鎮來說猶如稀有動物，居民都非常歡迎他們的到來，還給了他們一些物資和建議。他們在那裏還以大學生的名義參觀了博物館，以及跟當地的小學生見面進行義教。

接下來他們又乘上了火車，在深夜抵達 Ivdel，時間來到了 1 月 25 日。他們在抵埗幾個小時後的清晨五點半就離開 Ivdel，坐巴士來到小鎮 Vizhai，車子停下來時已經是傍晚。登山隊受到村民熱烈的招待，入住到一個環境良好的旅館。

1 月 26 日早餐的時候，其中一名隊員喝着一杯冰茶說笑：「到外面去喝吧，這杯茶會感覺比較和暖。」這提醒了眾人外面是怎樣一片冰天雪地的景象，他們想要征服的雪山就矗立在眼前。一行人離開了酒店，乘上了一輛卡車，通過重重的樹林駛向山腳下的 41st Kvartal。翌日，登山隊向附近的村民租借了一輛雪橇來幫助他們搬運背包，行進二十四公里來到一個廢棄的採礦村落，並且在那裏過夜。

正式登上烏拉爾山

　　1 月 28 日，其中一名隊員 Yuri Yudin 感到身體不適。還沒正式上山，他的腰腿就出現劇烈的疼痛，腳上長起了水泡，他只好回到 Severnoy 的大本營，其他的隊員繼續前進。無法與好友一同冒險，使 Yudin 的情緒非常低落。但是考慮到之後發生的事情，Yudin 其實非常幸運，因為這令他成為了死亡登山隊中唯一的倖存者。

　　其餘的隊員在早上 11 點 45 分啟程，正式登上了烏拉爾山。他們按原定計劃沿着河流 Lozvi 滑雪前進。

根據 Nicolai 的日記，他們除了每隔一段時間必須停下來清理滑雪板上的積雪外，從來沒有休息過。那裏的積雪比往年要少，不過附近已經是一片不毛之地。四周都是巨大的岩石，尤其是在河流的右岸，地形更是非常險要。

他們愈往前走，就發現岩石變得愈來愈少，取而代之的是稀疏的叢林。他們決定在 5 點 30 分紮營，這是登山隊第一天在野外過夜。男人們用鐵釘把帳篷牢牢地固定在地上，並且點燃火爐，開始烹煮晚餐。

眾人聊了許許多多的話題，不過最主要的還是圍繞着男女情愛和生活瑣事。可是，輕鬆的氣氛並沒有持續下去，就和大多數旅程一樣，隊員開始為一些小事爭吵。

因為要保持帳篷內溫暖，懸掛在帳篷中央的火爐正加大馬力地燃燒。沒有人想跟熾熱的火爐共度一晚，Yuri Krivonischenko 不幸地被編排睡在火爐旁，可想而知，那是非常糟糕的感覺。他躺下兩分鐘情緒就爆發了，不斷咒罵編排位置的人是背叛者。爭吵持續了一段時間，眾人都無法安眠。可是最後他們還是敵不過睡魔，漸漸安靜了下來。值得留意的是，這場爭吵被某些理論認為是導致全員死亡的導火線之一。

翌日清晨，登山隊再次啟程。他們從 Lozvi 河轉向 Auspi 河繼續前進，情緒似乎還未從昨晚的爭吵平靜下來。日記顯示，他們可能要到 1 月 30 日才完全和好，這是登山隊在野外度過的第三天，前些天因為要睡在火爐旁而心懷怨恨的 Yuri，還主動地把蒸汽暖爐集中在一起給大家取暖，顯示他已經不在意之前發生的不和。

他們和平地吃過早餐之後，打算繼續沿着 Auspi 行走，可是路面結冰使他們寸步難行。最後，有隊員找到了一條動物或是野鹿走過的獸道，讓隊伍稍微能向前推進。

這天天氣急轉直下，日間的氣溫是零下十七度，不過到了晚上，氣溫竟能降到零下二十七度之低。積雪愈來愈厚，足足有一百二十厘米，寒風也猛烈地刮來，吹落樹上的積雪，明明沒有下雪但是看起來就像是暴風雪一樣。

獸道到了盡頭，接下來的道路變得更加難走，森林已經快要看不見了，前面只剩下矮灌木叢和一些帶有針刺的植物。他們草草找了一個位置紮營，跟往常一樣他們很快就生了火休息。

　　1 月 31 日，根據領隊 Dyatlov 的日記，這一天的天氣變得更加差了，登山隊沿着北方 Mansi（編註：曼西人，主要居於西伯利亞西部的原住民族）獵人留下的道路前行，這些獵人是追着野鹿前行的。這一天的行程特別困難，他們幾乎看不到預定的前進路線，有時甚至完全迷失方向，只能憑着感覺往前走。他們的平均移動速度，每小時只有一點五公里。有人提議嘗試一些新的推進方式，包括兩人一組輪流丟下背包開路，五分鐘後再回頭跟大隊一起推進，其餘隊員趁這個機會休息。可惜他們的創意並沒有取得成果。

最後，眾人都累得筋疲力盡，很早就紮營休息。隊伍還遇上了一個麻煩，就是可以生火的木柴剩下不多了。不過這一晚看起來還是相對安全的，因為領隊 Dyatlov 在日記中寫道：「很難想像與人類文明相距數百公里、強風咆哮的山脊上，能有這般舒適。」

2 月 1 日，登山隊的日記記載：「這天是隊員 Shasa（即 Semyon Zolotaryov）的生日，隊員們為他慶祝。又一天平安過去。」他們當然不會料到，這會是九個人生命的最後一天。登山日記在之後就沒有任何記錄，也沒人知道發生了什麼事。根據日記停止的跡象，一般相信，神秘事件發生在 2 月 1 日到 2 月 2 日的深夜。

集體怪異死亡

登山隊預定在 2 月 12 日回到村莊 Vizhai，用電報通知在大學等候的成員，可是到了 15 日仍然沒有他們的音訊。雖然他們的朋友有一點疑惑，但是並沒有動員搜救，因為大家都認為這個登山隊的隊員都是有豐富登山經驗的老手，就算有某個隊員遭遇不幸，其他人也會立即下山找救兵。大家都沒想過還能有什麼更壞的情況。

然後又過了接近兩個星期，九人仍然杳無音訊，親人與朋友開始真的擔心他們的安危。在數次討論之後，一群志願者組成了搜救

隊前往山區，尋找他們的下落。他們首先找到的是登山隊滑雪板的痕跡，沿着路線追尋下去，搜救隊來到了登山隊走過的河岸。

　　從那裏繼續前進一段時間，搜救隊找到了一些使用過的物資和垃圾；探險家習慣將這些垃圾收集一起，然後掛在樹上作為標誌物。搜救隊根據這些標誌物的位置和雪地上留下的雪橇軌跡，計算出他們可能前進的方向。終於在 2 月 26 日，以 Slotsov 為首的一支隊伍在雪由中看見了一個顯眼的黑點，那是位於海拔 1,079 米的山坡上的營地，是登山隊最後紮營的位置。

　　根據事件現場的第一狀況，事態明顯地非常不對勁。首先，整個現場非常混亂，帳篷外覆蓋着一層薄薄的雪。朝着山坡下方的一

面有用刀從內往外劃開的大破洞，旁邊還有幾個小破洞。在帳篷之中，找到八對滑雪板和一些登山隊的遺物，全都是日常物資。帳篷深處的其中一角有一個地圖袋、**Dyatlov** 的照相機、一本日記和一個錢箱，貴重物品完全沒有損失。而在另一角則擺滿了登山鞋，它們整齊地放在帳篷內，可見隊員離開帳篷時沒有穿鞋的打算。在帳篷外，找到一個火爐、酒精、一把鋸和一把斧頭，還有一台拍攝過的相機。證據表明，大部分的必須物資都被留在了帳篷內，所以搜救隊認為登山隊員不會離開太遠，於是決定在附近繼續搜索。

就在帳篷的不遠處發現了九雙腳印，將搜救隊引領到一片樹林。樹林生長在山坡上，這個山坡並不是很陡斜，腳印一直蔓延下山。由於腳印的幅度很小，也毫不凌亂，因此可以推斷他們移動時並不是遇到危急情況而迅速逃走，而是緩慢且整齊地走下山坡。

更奇怪的是大部分人都沒有穿鞋子，又或是只穿了一隻鞋，令搜救隊員感到非常不解。這些腳印可追蹤至離帳篷五百公尺處，直到在森林深處完全消失。

搜救隊認為登山隊並沒有改變方向，於是筆直地朝着腳印所指的方向前進。然後他們來到樹林外圍，在一棵松樹底下，他們找到營火的餘燼，和 Yuri Doroshenko 與 Yuri Krivonischenko 冰冷的遺體。

　　在地上有幾根折斷的松樹樹枝，另有部分樹枝懸掛在樹上較低的位置，並沒有燃燒過的痕跡，周圍的地上也有足夠的木柴供他們生火，因此推斷是有人爬樹導致樹枝折斷。因為樹枝的斷口是朝向營地的方向，因此推斷他們爬樹是為了找回營地的所在，另外，也有他們在躲避什麼東西的說法。其次，在附近的杉樹和樺樹，以及較矮的植物上都找到刀割的痕跡，推斷是眾人想收集木材，搭建遮蔽物。

　　搜救隊以松樹為中心走回山坡，很快在距離松樹三百米左右的山腰找到另一具遺體，是登山隊的隊長 Igor Dyatlov。接下來，搜救隊花了不到兩天的時間，又先後找回了 Zinaida Kolmogorova 以及 Rustem Slobodin，毫無疑問他們也失去了生命。這五具遺體幾乎是程直線散佈在營地和松樹之間的山坡上。但是搜救隊伍沒有找到其餘四人的下落。

二月過去了，大部分學生都已經回到學校上課。五位罹難者的葬禮和追思會在 3 月 9 日舉行。政府當然想要禁止關於事件的消息散佈，或者至少不要大肆宣揚，可是追思會還是引來了來自各共產國家的記者爭相報導。即使在保守的共產主義國家，這場史無前例的集體怪異死亡事件的消息還是不脛而走。這場悲劇不但軍方和家屬非常重視，連政府最高權力機構──蘇聯最高蘇維埃（Supreme Soviet of the Soviet Union）也下達了明確的指示，要求找回其餘的失蹤者，並且查明一切可能的真相。

在這種壓力下，軍方加快搜救的步伐。可是三月、四月過去了，搜救隊仍然沒有找到任何新的線索，因為餘下的罹難者遺體很可能已經被厚厚的積雪掩埋。時間很快就來到了五月初，積雪開始融化，搜救隊才在一條狹窄的山澗中找到其餘四名登山者的遺體。山澗距離松樹只有七十五米，但是在一片白茫茫之中要找到這條山澗並不容易，何況遺體是埋在五米深的積雪之下。

到底引起這一次慘劇的是什麼呢？政府公佈的報告引來了廣泛的推測。以下是六十年間各方提出的可能，其中可以分為超自然災害、自然災害和人為災害三個類別，可是我認為現有的每一個解釋都存在相對的疑點，我會在接下來的篇幅逐一分析這些解釋和疑點。

迪亞特洛夫事件各種解釋

　　我會將幾十年來流傳的各種推測和解釋，分為超自然災害、自然災害和人為原因三個方面進行講解。

超自然災害

一、不明飛行物體或外星人

　　對這次事件的各式各樣說法中，UFO 是最廣泛的猜測。有很多人相信是次慘劇是由外星人攻擊造成。雖然聽起來難以置信，可是這個解釋確實是有其理據。

　　在慘劇發生當天，距離事發地約七十公里，有些正在進行考察的地理學家目擊到幾個發光物體飛過空中。主導調查工作的 Lev Ivanov 在其出版的文章當中承認，他和另一名調查員 E.P. Maslenikov 察覺到事發森林外圍的一片松樹頂端，有燃燒過的痕跡，他認為這是由「來源不明的強大能量」造成。他還訪問了一些當地的 Mansi 獵人，這些原居民時常有目擊到神秘發光球體從空中飛過，還畫了給他看。

　　其後，蘇聯共產黨代表大會的成員和他的直屬上司 A.F. Ashtokin 下達了明確的指示，禁止調查人員在報告中提到不明飛行物體的記錄或是其他超常現象。弔詭的是，從六十年代開始，A.F.

Ashtokin 多次查看 KGB 關於不明飛行物體的檔案，令他成為了蘇聯政府中少數公開對外星文明感興趣的人物。這個行為上的突然轉變非常可疑，我們是否可以推斷，在調查慘劇的數年間發生了什麼令他突然對外星文明感興趣？

從登山隊遺下的相機中找到一張照片，被認為是不明飛行物體的證據。

根據網上的傳聞，一些 UFO 學者在分析這張照片之後，認定照片中是數個漂浮在夜空中的火球，他們深信這些火球襲擊了登山隊，眾人逃跑時拍下了這張模糊的照片。

不過，即使曾經有不明飛行物體的目擊情報，我對這個解釋還是有所保留，甚至可以斷言事件並非由外星人引起。如果有看過我 Youtube 影片的讀者就應該知道，我有從暗網中收集到一些蘇聯的情報機關文件。文件中記載了大量被認為曾經出沒於蘇聯境內的不明飛行物體的資料。

　　根據我的調查，雖然有傳外星種族習慣棲身於偏遠地區，但是他們一是居於遠東礦產豐富的臨海地區，二是住在平原的森林之中。眾所周知，蘇聯的領土遼闊，有百分之四十五以上是森林地帶，絕對有足夠的土地供外星人隱匿行蹤，他們不可能挑選這個相對偏遠的森林、而且接近民居的冰冷雪山作為基地。而且，就算外星人只是偶然到附近作業，也不會無故襲擊人類。

　　雖然 Lev Ivanov 在書中沒有明言，但是所有人都明白他口中的「來源不明的強大能量」是來自外星飛船搭載的光學武器。但如果外星人真的想要屠殺登山隊，其光學武器的威力絕對不會只造成幾顆松樹頂端被燃燒這麼小規模的破壞。更何況罹難者的死因都是物理傷害，身上根本找不到所謂的極高能量通過的痕跡。

　　對此說法非常懷疑的我繼續深入調查了 Lev Ivanov 出版的文章「The Enigma of the Fireballs」，發現這篇文章及其引述的文獻都並非嚴謹的論文或是科學報告，只屬於在八卦雜誌刊登的小道消

息；而他在九十年代的訪問也只是在娛樂節目中播出，並非絕對可信。Mansi 獵人口中的神秘火球也有了更好的解答。軍方人員對比了事發時期的導彈試射及 Mansi 獵人看到火球的日期和時間，發現兩者非常吻合。他們判斷 Mansi 獵人看到的不明飛行物的真身是導彈拋棄的推進器，而這些推進器墜毀於北烏拉爾山區深處。

二、雪怪襲擊

　　美國著名科學頻道 Discovery Channel 曾經對此慘劇作出調查，他們認為在烏拉爾山脈中棲息着一種叫雪怪（Yeti）的介於人與猿之間的神秘動物。調查人員在 Nikolai Thibeaux-Brignolles 遺留的相機中找到一張這樣的照片。

照片中拍到一個被認為是雪怪的人形物體。提倡這個說法的人認為，這個人形物體距離很遠，並且全身漆黑，登山隊是排成一列行進，不可能有人脫隊離開，所以它不是任何一位隊員，而是雪怪。

另外，在許多描述此慘劇的書籍和科學頻道的節目中都頻繁提到：登山隊在其日記或是留下的字條中寫道：「我們現在知道雪怪是存在的了。」從而推斷隊伍在雪山上真的遇上雪怪，他們在半夜被一群雪怪襲擊，部分人受傷逃到森林凍死。

可是，這個雪怪說法存在很多的疑點。我先解釋這張照片。拍攝此照片的 Nikolai 遺下的相機中，大部分的照片都是在紮營或休息時拍下的，只要我們看回這張照片的前幾張照片就會發現，其實當時他們並不是在移動中，而是正在玩雪，所以絕對有可能有人離開稍遠的位置。

用人物一片漆黑來證明是雪怪更是無稽之談，只要我們看看其他照片就能知道，所有在雪地裏拍出來的人物都是較深色的，這是因為雪地反射太陽光的緣故，道理就和背光拍照片一樣。至於為什麼人物是黑色的，不是其他顏色……誰叫這是一張黑白照片嘛。

如果拿「我們現在知道雪怪是存在的了。」這一句話作為證據也是不正確的。其實這句話是出自登山隊在旅途中，為了自娛而製作的一張模仿報紙風格的單張。「報紙」上還有「科技新聞」和「體育新聞」的欄目，全都是以諷刺、幽默的口吻寫出，並不能作為正式記錄看待。

自然災害

一、雪崩意外

雪崩在雪山地區是常見的自然災害，搜救隊抵達第一現場時，見到帳篷是被雪覆蓋的，他們立即討論是否曾經發生雪崩。其後他們發現第一批尋獲的死者是死於低溫症，其餘的人身上也有瘀傷，搜救隊當時覺得雪崩的可能性更加大了。以下是調查人員假設的場景：

登山隊一行人晚間在帳篷中休息、閒坐的時候，聽到高達八十至一百分貝、積雪從山坡滾落的聲音。他們無暇打開帳篷的入口，有人隨手拿起刀割開帳篷，眾人連滑雪用具和禦寒裝束都沒有帶齊，便連滾帶爬跑下山坡，其中一些人走避不及被積雪沖走掩埋。另一些隊員雖然姑且活了下來，但是他們缺乏禦寒衣物，很快便因低溫症死亡。

事實上，蘇聯軍方隨後的調查已經推翻了這個假設。登山隊駐紮的山丘並不是特別高或陡峭，只有十八至二十度。雪崩發生的機率會隨着斜度上升，到三十八至四十度後開始下降（見下圖），這是因為平坦的地區積雪不會下滑，而太陡斜的高山卻很難積雪。也就是說，雪崩多數發生在三十八至四十度度的斜坡，在十八至二十度的斜坡發生致命雪崩的機率幾乎為零。

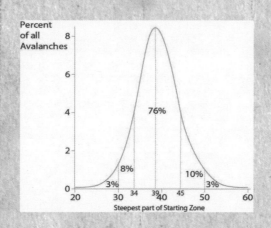

從他們的穿着來判斷，Lyudmila Dubinina 曾經脫下凍死的 Yuri Krivonischenko 身上的衣服來穿，這證明至少一行人緩慢走下山時還沒有受到任何傷害。法醫的驗屍報告也表明，眾人身上的瘀傷分佈得非常均勻，但是真正的雪崩罹難者所受的傷害，應該是集中在手腳和頭部，何況雪崩也不可能導致一個人的舌頭被割下來（例如 Lyudmila Dubinina 的情況）。

再者，登山隊的日記顯示，當地覆蓋的雪相對稀薄及鬆散。雖然如前文所述，局部地區積雪可達一百二十厘米，但是從現場環境來看，山坡上的積雪是絕對不足以引發雪崩。登山隊的帳篷、物資和大部分死者也沒有完全被積雪掩埋。找不到的四位罹難者只是掉進山澗橫溝之中，並非被雪崩直接掩埋在山坡上……種種線索都證明沒有發生過雪崩。

根據搜救隊的目擊情報，眾人的腳步整齊有序，顯示他們是慢慢地走下坡，進入樹林之中。如果真的發生雪崩令到他們要立刻割開帳篷，棄下一切逃生，他們必然是落荒而逃，腳印絕不可能像是排着隊一樣整齊。而且，倘若雪崩令他們身體嚴重受傷，眾人的體力也不足以支撐在這種惡劣的環境行走數百米。所以可以肯定，登山隊不是因為雪崩而全員罹難。

二、球形閃電

球狀閃電是一種屬於閃電的自然現象。它會呈現為十五至四十厘米不等的球形，在空中漂浮，並擁有高壓電的特性，溫度非常之高。有俄羅斯專家認為，球形閃電突然降臨登山隊所在的山坡，聽到電流巨響或看見強光的隊員匆忙之下割開帳篷逃進森林，等待火球消失。

　　球形閃電會發出強光和高熱，足以使附近的樹木燒焦。這個假設解釋了之前提到 Mansi 獵人目擊到的光球，以及事發地附近的樹木有燃燒的痕跡。在松樹下發現的兩具遺體上有燒傷的痕跡，也被認為是球形閃電造成，而數位死者身上的骨折和瘀傷，則可能是由球形閃電引發的爆炸造成，爆炸將數人彈飛，墜落山澗之中。

　　可是，這個假設也有其缺陷。首先，球形閃電多數在雷暴、微雨的天氣下出現，尚無在如此寒冷乾燥的高山地區出現的記錄。第二，根據我找到的蘇聯軍方報告，除了森林外側幾顆樹木燒焦外，在事發地點並沒有找到爆炸的痕跡，如果閃電發生爆炸的衝擊波將人吹飛，帳篷、樹木和其他物資不可能那麼完整。

三、次聲波

網上流傳一個理論說，山中的強風和地殼變動會產生次聲波（編註：Infrasound，頻率低於人類聽力範圍的聲波，多數因氣壓而產生），加上登山的疲勞和孤獨感，足以引起登山隊員強烈不適，甚至出現幻覺。其次，強風有可能產生一種叫做卡門渦街（Kármán vortex street）的物理現象，這種現象威力強大，足以令建築物倒塌，有人以此解釋罹難者身上的外傷。

但是從事發後帳篷沒有倒塌、也沒有散佈一地的碎片來看，這個假設是不可能的。而且事發的山坡斜度和岩石的分佈是否足以引發卡門渦街現象和次聲波，仍然沒有科學定論。

人為原因

一、團隊內訌

發生慘劇時最常見的一個解釋，就是團隊中發生打鬥。根據資料，Yuri Doroshenko 是女隊員 Zinaida Kolmogorova 的前男友，兩人之間的關係曾經非常親密，男方已經見過女方的家長，後來兩人分手後依然保持朋友關係。而 Zinaida Kolmogorova 的現任男友就是登山隊的隊長 Igor Dyatlov。登山隊的日誌顯示眾人經常聊到男女情愛的話題，可以推測，這些對話容易引發兩名男士的嫉妒情緒。

再加上之前提到，Yuri Krivonischenko 被要求睡在火爐旁邊，他一直認為這是眾人對他的欺凌，曾經破口大罵發洩不滿。所以有不少調查員認為，數位男性可能在聊天中一言不合發生打鬥，之後有人揮刀割開帳篷逕自離去。其餘的隊員追了過去，結果全員凍死在山坡上。

這個理論聽起來最合乎常理，可是細想之下就會發現很多疑點。第一，登山隊的隊員全部都是富有經驗的老手，他們能作為同伴上山，必然對對方有一定程度的了解和信任，不可能因為一時「火遮眼」就做出同歸於盡的行為。

第二，如果有需要追出山坡尋人，也不可能全團一起離開，至少有人會留守營地。

第三，隊員有足夠的時間穿好裝備再出發尋人。作為登山老手，絕對不會不知道在零下二十幾度的雪山中，沒有裝備是無法生存的。因此，我認為團隊內訌的可能性不大。

二、KGB 特工

在調查過程中，曾經有人提出 Semyon Zolotaryov、Alexander Kolevatov 和 Yuri Krivonischenko 三人為國家安全委員會（KGB）的特工的說法。在冷戰年代，特工人員在杳無人煙的山區行動是常有的事。根據 CIA 解密的文件，蘇聯政府經常會派人散佈帶有輻射

物質的物件，到一些完全無關的地點，令 CIA 的間諜誤以為那裏曾經進行過核實驗，消耗 CIA 的人力。

因此很多人相信，登山隊的部分成員在登山的同時還有另一個任務 —— 將帶有輻射的物件丟棄在山中，甚至是尋找潛伏在雪山的敵國人員並且拍攝他們的照片。但是他們任務失敗，最後連累全團人都被滅口。這個理論解釋了一些現象：帶有輻射的衣服以及 Doroshenko 臉上的灰色泡沫。

Semyon Zolotaryov 會被懷疑，是因為他的身分本身就充滿謎團。他是登山隊中最年長的一員，在他成為大學職員之前，曾經是政治警察 NKVD 的戰鬥人員，擁有豐富的作戰經驗。他的身上刺上 DAERMMUAZUAYA 的紋身，這個詞語的意思至今未明。

另一名被懷疑為特工的隊員 Alexander Kolevatov，根據烏拉爾理工學院的記錄，他在成為學院物理系研究生之前，曾經在莫斯科一個機密的粒子研究機構「P.O. Box No. 3394」中擔任研究人員。

Yuri Krivonischenko 也有相似的經歷，他一直在核能設施 Mayak 工作，直至 1957 年，那裏發生僅次於車諾比事件的嚴重核洩漏。在那個封閉、秘密警察遍佈全國各地的獨裁時期，想要在機密的物理研究機構和核設施謀得一個職位並不是容易的事情。他們

必須是共產黨黨員，而且，即使他們不願意也得加入特務組織接受機關的管制。因此，像這樣有學識、有背景的三位人才聚集在一起，很可能不是偶然。甚至還有人認為，其中一人是雙面諜。他主動或是非主動，引發了三人之間的戰鬥，最終發展成全團人死亡。

當然，以上假設也並非事實，我會在之後的篇幅詳細破解。

三、捲入勞改營逃獄事件

其中一些民間調查人員認為，登山隊是被捲入勞改營囚犯逃獄及軍方追捕的事件。

古拉格是一個政府機構，負責管理全國的勞改營，大部分勞改營都位於一片荒蕪的西伯利亞山區，這些營房中有數以百萬計被囚人士，其中有作為政治犯的文弱書生，也有窮兇極惡的強盜殺人犯。距離登山隊罹難地點最近的勞改營，就位於只有幾公里之近的 Ivlag 鎮。

於是，有人猜想登山隊是遭遇了從 Ivlag 勞改營逃走的囚犯團體，並且被他們殺害。又或者他們是在軍方追捕逃犯時遭到牽連，可能是被軍方誤認為逃犯之一，或是毫無理由地遭到殺人滅口。即使根據軍方記錄，在那個時期並沒有發生逃獄事件，這個假說還是引起了各方的注意。

有傳聞說，法醫在 Yuri Doroshenko 身上發現一塊叫做 Obmotki 的布條。它是由比普通衣服更厚身的布料製作出來的，軍人常將其纏在腿上，用以保暖和舒緩腿痛的一種特殊衣物，在需要長時間工作的勞改營囚犯中也非常流行。但是，這種布條不是軍隊或勞改營獨有，一般人也能買到。

四、Mansi 獵人殺害登山隊

有傳聞說登山隊闖入了 Mansi 獵人的聖地，Mansi 獵人在深夜把他們包圍，割爛帳篷，逼他們在冰天雪地下立即離開。這個猜想和雪崩一樣都是屬於調查人員的早期推測，有很長一段期間他們甚至相信這才是真正解答。

諷刺的是，推翻這個假設的人並不是調查團隊本身，而是其中一位調查人員的裁縫，那人在幫調查人員修剪制服時無意中看到了迪亞特洛夫事件的相片，他一口咬定帳篷是從內部割開，並且指出了兩者的不同。調查團隊立即複查，也得到了同樣的結果。得出結論是，帳篷是從內部割開，不可能受到外人攻擊。

熟悉 Mansi 原住民文化的學者也不相信這個假設，他們堅稱在此以前從來沒有 Mansi 人襲擊其他民族的先例。此外，Mansi 獵人在調查這一事件出了不少的力，很多獵人一直作為嚮導跟隨搜救人員登山，登山隊滑雪的軌跡也是他們首先發現的。

五、暖爐

　　這是一個在網上流傳的假設。從登山隊的日記中得知,他們幾乎每天都會以火爐取暖,這個火爐是掛在帳篷的中央,帳內的空間實際上是非常溫暖,所以登山隊在裏面沒有穿太多的衣服。從登山隊拍下的照片中,可以看到帳篷的出口中伸出了一根排煙管道,這根管道就是通往懸掛在帳篷中央的火爐。

　　然而,在搜救隊拍到的照片中,卻看不見這條排煙管。

　　因此網民認為在當晚他們使用火爐後將它拆卸下來,但是在拆卸的過程中或是之後,火爐中的燃料復燃,不完全燃燒產生的一氧化碳和濃煙很快就充滿了帳篷。部分人試圖撲滅火焰,其他人則用刀在帳幕上劃開切口幫助排氣。但是他們未能立即熄滅爐火,眾人面臨窒息的危險,於是有人將整個帳篷割開,從裏面逃了出來。

這個理論解釋了為什麼部分遺體身上有燒傷的痕跡，很可能就是撲滅爐火時留下的。而某些人生前曾經咳血，很可能是吸入濃煙和熱氣導致氣管灼傷。他們做了一個錯誤的決定，想要儘快遠離火爐呼吸新鮮空氣，所以他們連衣服都沒有時間穿，離開帳篷走進山坡上的森林躲避一段時間等濃煙散去。他們可能因吸入過量的一氧化碳而產生幻覺，或是神志不清，再加上深夜時分的雪山，於是等到他們醒覺的時候已經走得太遠了；他們沒有想到在一點燈火都沒有的雪山是這麼難辨別方向，於是有人爬上松樹查看，最終他們還是未能返回營地，在森林中凍死。

　　這個猜想聽似有道理，但還是不通的。假如火爐發生故障，他們只需要停留在帳篷附近等待濃煙散去即可。就算帳篷全毀，他們也可以撿起衣服再作打算。要是不得不離開營地前往山坡的森林避難，他們也不必走一點五公里之遠。在深夜的雪山中，一點五公里的路程可不是十分八分鐘能走完的，何況他們當時還沒穿足夠的衣服，更加降低了移動速度，無論他們有多麼不清醒、喝醉了，也不可能深入森林一點五公里才醒覺。

　　即使有以上這麼多假設，調查人員還是無法歸納出一個合理的說法，因此，不少人傾向相信引發死亡事件的主因是人類難以理解的超常現象。但是真相真的無法找到嗎？

屍體疑點分析

　　為了找出真相，我們也需要分析屍體上出現的所謂疑點。我調查了官方的驗屍報告，發現有很多事實都與都市傳說中不同。

一、神秘傷痕

　　上面的部分說法提出，Yuri Doroshenko 是特工，並且曾經在死前與別人搏鬥，導致身上傷痕累累。可是從照片和驗屍報告來看，他不但沒有打鬥的痕跡，身上受的傷一點也不嚴重，只是肩膀、雙手內側出現輕微擦傷和撞傷，有的傷口甚至沒有流血，也絕對不會致命。而根據記錄，Yuri Doroshenko 的頭髮上找到松樹種子，從手臂內側受到擦傷和瘀傷來推斷，他應該是在死前曾經爬樹，種子和傷痕都是在爬樹時留下的。

二、灰色物質

　　網上一直盛傳從 Yuri Doroshenko 臉上找到的灰色泡沫是來自輻射物質，但是在其驗屍報告上已經寫得很清楚，這些物質是從死者口中吐出，法醫推斷是由肺水腫造成。身體在極度失溫的情況下，很容易出現急性肺水腫或肺氣腫，只要稍微擠壓肺部就會吐出積水。所以灰色物質的出現只是再一次驗證 Yuri Doroshenko 是死於低溫症，而不是外傷這個結論。

三、舌頭活生生被撕下來

　　這個傳聞發生在女隊員 Lyudmila Dubinina 身上。從驗屍報告上的記錄來看，她的確是失去了舌頭及大部分嘴唇組織，令到她的牙齒暴露在空氣中，此外她還失去了眼球。不少人認為這是她生前遭到暴力的痕跡，難道這是真的嗎？

　　並不是。其實驗屍報告中對此的描述只是「失去舌頭」和「失去眼球」等，非常簡短，並沒有提到 Lyudmila 的舌頭、嘴唇和眼球是在生前還是死後失去的，也沒有找到刀傷或是撕裂的傷痕。如果她真的是慘遭虐殺，死前必然會猛烈掙扎，可是既找不到相關跡象，身上也沒有濺血。所以，單純從這幾個字就推斷 Lyudmila 是被殘暴殺害，是完全沒有根據的。

　　其實，由於她是最後一批被找到的遇難者，屍身已經出現嚴重腐爛，臉部也幾乎只剩下骷髏。因此失去眼珠和舌頭有可能是自然分解或是動物咬噬造成，具體原因也因為屍體嚴重腐爛而無從判斷。事實上，死在松樹下的 Yuri Krivonischenko 也失去了鼻尖，報告就寫明很可能是被動物咬走，反駁了他是被活生生切下鼻尖的說法。

四、肚內的血液

　　這也是在同一位女隊員身上出現的現象。有不少人認為她生前被扯下舌頭時鮮血迴流進胃內。但是如果這是真的話，舌頭被扯下來所流的血必然會沾滿四周的環境，為什麼她的臉部、身體和衣物都沒有找到血跡呢？而血液在迴流的過程中也很可能進入肺部導致窒息，可是也沒有肺部找到積血的記錄。那麼胃部的血液只剩下唯一一個可能的來源了，就是她受到嚴重的內傷導致內出血。這個說法是有根據的，因為驗屍報告顯示她斷了足足十根肋骨，心臟也有出血的現象。

五、黑色的遺體

　　有不少看過罹難者遺體相片的人都會有這個疑問。為什麼遺體的顏色會變成黑褐色呢？這是很容易解釋的。除去有死者身上瘀傷導致皮膚變色不說，大部分死者都是死於低溫症，伴隨着低溫症的一個常見的症狀就是凍傷。凍傷並不只是體溫變低這麼簡單，而是血液不流通、組織壞死等永久傷害。就算只是一級淺層凍傷，都足以造成皮膚變紫、發脹，二級、三級凍傷更會使受傷部分變成藍紫色甚至是黑色。所以我們可以從相片中看見大部分死者暴露在空氣中的部分都已經變成深褐色，這就是大範圍凍傷的結果，而他們的手指也變成了黑色，這已經到了二級、三級凍傷的程度，就算他們僥倖獲救，也必須截肢處理。

六、衣服上的輻射污染

受到污染的衣服總共有三件：

1. 毛衣：屬於 Krivonischenko，衰變率為每分鐘每平方厘米 9,900 個 Beta 粒子
2. 褲子：屬於 Kolevatov，衰變率為每分鐘每平方厘米 5,000 個 Beta 粒子
3. 毛衣的腰封：屬於 Kolevatov，衰變率為每分鐘每平方厘米 5,600 個 Beta 粒子

上面也有提到，有謠傳說 Krivonischenko 和 Kolevatov 為 KGB 特工，正在運送一些放射物質，所以衣服才會被污染，但是這個假設是不真確的。首先，這三個樣本的輻射值並沒有超標許多，一般情況下衣物都會有每分鐘每平方厘米二千至五千個 Beta 粒子衰變。如果兩人有在登山過程中攜帶輻射物質，衣服讀數是可以高達每分鐘每平方厘米二萬個 Beta 粒子的，這是一般核工作人員身上攜帶的輻射量。第三件衣服用化學方法徹底清洗後，讀取的數值是每分鐘每平方厘米二千七百個 Beta 粒子，輻射量只是減半而已。

既然證明兩人並未攜帶輻射物質上山，那麼他們身上的輻射是從何而來呢？官方的調查報告上說明，這些衣物應該是被大氣中飄落的放射性灰塵污染，或是之前曾接觸放射性物質所造成的。Krivonischenko 進入烏拉爾理工學院修讀工程學之前有在核子機構

工作的經歷，該核子機構於 1957 年 9 月 23 日曾經發生核燃料釷洩漏事故，他被派往清理。核物質一旦沾染在衣物上，只靠水是較難完全清除的，所以他的衣物放射性較高絕對是有可能的。另一位衣物有放射反應的 Kolevatov 是物理系四年級學生，在實驗室也絕對有可能接觸過輻射物質。順便一提，在核洩漏發生整整六十年後的 2017 年底，東歐大範圍檢測到不明來歷的放射物質，被認為是 Krivonischenko 工作過的核子機構再次發生洩漏，俄羅斯氣象部門也證實了污染存在。

另外，都市傳說提到，搜救人員 Lev Ivanov 在到達第一現場時，攜帶的輻射探測器已經探測到眾人身上的輻射物質，不斷作響。但是根據官方記錄，餘下的數具遺體是在 5 月 5 日發現，輻射測試要去到 5 月 18 日才進行，根本不存在輻射探測器的說法。

就算他們帶了探測器，這個探測器必須帶有 G-M 探測器的輻射接收口，以盡可能收集更多的粒子。檢測 Alpha 粒子需要將輻射接收口放到距離放射源十毫米的範圍內，要探測 Beta 粒子則需要在距離放射源數尺內，否則數值就會大減，這指的還是實驗室規格的探測器而不是手攜式的，所以從現場環境而言，探測器根本不可能一接近出事範圍就鳴叫。這時可能有人會問，會不會是因為整個環境都被污染呢？這是不會的，不然在每一位死者身上都應該會檢測到輻射。衣物上的極少量輻射根本不足以擴大污染整個範圍。

事件的真相

　　既然以上的大部分傳聞都有其疑點，那麼我們必須從基本開始推理到底發生了什麼事。我希望可以建立一套理論，去除大部分疑點。因此以下的內容和推理，大部分都是前人沒有提出過的。

　　在之前的猜想裏有一件事經常被忽略，那就是帳篷出入口的狀態。根據我的調查顯示，帳篷在被發現的時候，出入口是關上的。這個帳篷是由堅硬的人造纖維製成，出入口是靠幾個鈕釦鎖上，估計打開它需要花費二十至三十秒的時間。這段時間並不長，但是在極端的危險之中就足以致命了。所以帳篷內的人肯定是遇到一定要在短時間內出來應對的危險，才會捨棄使用正門。既然這個危險是必須在短時間內應對，我們可以推理出，危險已經近在眼前，以及他們是瞬間理解到這個事實做出決定，割破帳篷走出雪地。

　　為什麼他們能夠在瞬間理解到危險的存在呢？幻想一下你在一個密封的帳篷中，無法看到外面的環境。不能親眼看見帳篷外發生什麼事，你是不可能做出割破帳篷這麼魯莽的決定。假設他們在帳篷中察覺到一些奇怪的現象，比如說是聲音好了，他們聽到如雪崩隆隆滾落的聲音、UFO 巨大的引擎聲響，或是雪怪呼呼低沉的叫聲，他們也不會知道那是什麼而立刻大喊：「有雪崩／UFO／雪怪啦！我們要割開帳篷逃跑！」再老練的登山客也會先考慮那到底

是什麼聲音，先嘗試從正門離開，發現來不及才去割破帳篷。但是從正門完全封閉的狀態可以肯定他們全然沒有從正門離開的打算，他們是在那一剎那就下定決心破壞帳篷的。

　　我認為令帳篷內的人在一秒內作出決定的可能性只有一個，那就是其他隊員喊出的命令。很明顯，這個命令必須是在帳篷外發出，因為只有外面的人才能清楚看見危機的迫近：
「你們快拿起刀出來幫忙！」
「不要走正門了！馬上出來！」
「立刻拿刀割破帳篷出來！外面有——」
叫喊聲此起彼落，帳篷裏亂成一團，但還是有人拿起自己的小刀，依照命令割開了帳篷，眾人一湧而出。

　　這個假設不是我憑空想像，而是有足夠的證據。在九位死者當中，只有 Semyon Zolotaryov 和 Nikolai Thibeaux-Brignolles 兩個人是穿着較多的衣服。反觀其他死者只穿着單薄的衣服，甚至只有內衣，這有兩個可能性，一是眾人在帳篷中就是穿得這麼少，二是他們在離開帳篷後才脫下衣服。

　　蘇聯軍方報告說明帳篷內的衣物和裝備是整齊堆放在一起，證明前者是正確的——其餘七個人在帳篷中只穿着很少的衣物。換句話講，帳篷中必然是足夠溫暖的，如果另外兩個人在帳篷中穿這

麼多衣服，應該早就大汗淋漓。故此我推斷他們就是身處帳篷外的人。

但是他們距離帳篷應該還很近，因為他們身上的裝備不足以在黑夜的雪山中走遠。兩人可能是在看星，可能只是到營地一角小便。他們看見危險迫近，於是命令帳篷內的人立即出來。

那麼他們看到的是什麼呢？

如果是雪崩，有經驗的登山者會朝水平方向逃走，他們不可能整齊的慢慢走下山。假設有人或雪怪想要襲擊他們，那他們早就已經死在帳篷附近，不然也會出現打鬥的痕跡，況且也沒有找到兇手的足跡。其他如 UFO、火爐意外等猜想，在上面也已經破解了。所以我認為，他們要面對的危險，至少是人類能與之抗衡的——九個人聚在一起，比兩個人面對要更安全，或者是如果不是乘着人多勢眾，在帳篷外落單的兩人就會立刻遭到襲擊的地步。

因此，上面所說的即時危險，很大機率是群居生物，並且擁有攻擊落單獵物的習性。講到這裏，謎底已經呼之欲出了，襲擊他們的人，是狼群。

以下是還原的場景：

在帳篷外面的兩個人發現營地已經被狼群包圍住，因為深夜環境非常昏暗，等到他們意識到的時候狼群已經非常接近，到了他們數米內的範圍。兩人大吼大叫，命令其餘七人從帳篷中衝出來。狼群本來以為兩人落單，沒想到他們竟然喚來七個同伴，也不敢貿然上前。九人聚集在一起驚魂未定，不斷朝狼群威嚇。有人隨手抄起雪橇杖，他不敢直接打在野狼身上，恐怕一旦主動攻擊，其餘的狼會一擁而上，只好往地上敲打，希望製造出巨響嚇退狼群；其餘的同伴中也有人拿起手電筒照射。他們了解遇到狼群時絕不能逃跑，否則狼群知道他們害怕就會撲上來。但是留在營地與狼群對峙也不是辦法，如果打起來，吃虧的絕對是他們自己。

這時他們只能選擇往上走或者往下走，有經驗的登山者都知道，如果遇到意外還往上逃跑，不僅容易陷入沒路走的慘況，更會白白浪費體力。當然也有可能單純狼群本身就是從山上下來，總而言之，他們選擇了往下坡逃走。因為登山隊幾乎是直線下坡，所以嘗試回去營地的隊員，即使離開營地一千五百米之遠，仍然能找到其所在，只是寒冷加上體力不足，無法支撐到回到營地，死在與營地呈一直線的山坡上。

看到這裏，可能有人會懷疑登山隊出事的地點是否有狼群出沒？根據我調查的北烏拉爾山的生態資料，當地冬天的氣溫雖然很低，但是卻擁有穩定的生態系統和生物多樣性。那裏除了可以找到松樹、矮灌木植物，也有麋鹿、兔子等草食性動物，還是大量西伯

利亞狼的聚居地。西伯利亞狼可以在極端的嚴寒下生存，雪山當然也難不倒牠們。根據俄羅斯生物資源保育研究，蘇聯政府在 1929年起於當地設立保育區，限制 Mansi 獵人的狩獵範圍，使各種野生動物數量大大增加。因為食物充足及限獵，缺乏天敵的西伯利亞狼得以在烏拉爾山大量繁殖，直到五十年代保育區取消，野生動物的數量才回落。

狼是一種群居性很高的動物，牠們狩獵時的數量一般為五至十二隻，族群之間有時還會互相合作，一個狼群可以達到四十隻以上。在俄羅斯更有十餘個狼群合共超過四百隻狼聯合襲擊牧場的記錄。登山隊在山腰處紮營，誤闖了西伯利亞狼的地盤或者他們的覓食點，因而遭到襲擊的可能性非常之高。

其次，當地 Mansi 獵人的傳統信仰和文化中，經常有祭祀這一環，在儀式中他們會祈求神明保佑族人馴養的麋鹿不要被狼群襲擊，這說明狼群在當地自古以來就是非常棘手的問題。

還有一個問題就是，既然有狼群出沒，為什麼只找到登山者的腳印？這個問題也是很容易解答的。這是因為事件發生之後足足二十四天後搜救隊才抵達事發地點，從搜救隊拍攝的照片來看，這段時間裏降下許多新雪，連帳篷底端都被掩埋，舊雪則被覆蓋或被強風吹走，狼群的足跡也因此早已消失。

另一方面，登山者的腳印會留下來，是因為情況較特殊。如果大家有看過搜救隊拍攝的腳印照片就會發現，和在沙漠留下的腳印不同，他們在雪中留下的腳印是突出地面的。造成這個現象的原因是在極端寒冷的天氣下，鬆散積雪受到腳底的壓力，會擠壓成僵硬的冰塊，這些變硬的雪不但不會被風吹散，而且較難融化，即使之後又再下雪，也容易在腳印上方堆疊，令腳印突起。而西伯利亞狼重量只有人類的一半以下，不足以在雪上留下變硬的足跡。

　　登山隊一邊作攻擊狀威嚇狼群一邊撤退到山坡，在逃走的過程中也聽到狼群的低吼。走了大約一個小時，他們感覺不到狼群的追蹤，決定在一棵松樹下生火，伺機返回營地。這時他們已經來到了距離營地一千五百米的山腰。眾人打算切割木頭，搭建一個臨時的帳篷，但是他們沒有成功，只在附近的樹木留下刀割的痕跡。有人想要查看營地是否安全，於是爬到樹上，但是因為手指已經凍僵，只好用手臂夾着樹木往上爬，於是造成了手臂內側出現擦傷。眾人具備野外求生的知識，他們知道自己未必能在雪地中走回營地，更悲哀的是營地可能已被狼群佔據。

　　這時，在松樹下已經有兩人因低溫症昏迷或死亡，其餘的人見狀，認為怎麼也得死，不如回去營地一搏，於是將兩人的褲子脫下穿在自己身上。搜救隊找到兩人的屍體時，他們仍然穿着襯衫，這是因為當時其他人的手指早已凍傷或壞死，根本沒辦法解開鈕釦脫下死者的襯衫。

一開始就穿着較多衣服的兩人中，其中一人是軍人，可能是他提議找一個適當的位置挖掘洞穴躲避寒風等待白天再返回營地。登山隊分成了兩組人，一組決定返回營地，另一組則下山尋找躲避的位置。

　　最後，返回營地組的三個人在折返的路途中陸續凍死，他們的腳早已凍得沒有知覺，根本寸步難移，每走一段路就會摔倒，因此發現他們的時候都是遍體鱗傷。其中只有 Rustem Slobodin 右腳有穿鞋，他支撐了較長的距離，但是他在最後的時間，另一隻腳已經凍到壞死，造成身體不斷向同一邊跌倒，令他的左邊頭骨和臉孔受了重傷。

　　另一組四個人則繼續下山，他們不小心失足，又或是踩到鬆散的積雪引發了一場小雪崩，四人跌進山澗的底部，身受重傷無法逃出，絕望地凍死。

第二章

來自平行世界的記憶
——曼德拉效應

你是否曾經試過清楚記得一件事，卻發現它根本從未發生過？或者某些事物的細節和你記憶中不同？你走去詢問家人、朋友，發現他們的記憶都和你不一樣，就像你才是不屬於這個世界的人。如果發生這種情況，請不要恐慌，因為你正在經歷一個很多人都試過的狀況——曼德拉效應。

　　曼德拉效應，指的是現實與人們腦海中的記憶不同的現象。這個術語是由超自然學家菲歐娜‧布魯姆（Fiona Broome）於 2009年提出，她在美國亞特蘭大舉行的一次科幻小說和遊戲展 Dragon Con 中發現，不少在場的人都與她一樣，有着一個彼此相同、但和事實相違背的奇怪記憶。他們不約而同地宣稱，自己清楚記得，前南非總統納爾遜‧曼德拉早在 1991 年便已於獄中離世。實際上曼德拉在 1990 年出獄，最終活到了 2013 年於自家安詳去世。

　　布魯姆對這個現象進行了更深入的調查，發現在互聯網上有不少網民都有相同的記憶，甚至有人記得曼德拉死後追思會的場景以及曼德拉的遺孀發表演講的鏡頭。她還找到了許多記載曼德拉去世的文獻資料作為佐證，包括一本在 1991 年出版的英文讀物和美國總統喬治布殊的演講，證明確實有很多人認為曼德拉早已離世。

　　那麼，為什麼會出現這個矛盾呢？目前提出的假設，許多都和平行世界有關。有人認為這一集體記憶錯亂，是由「平行世界間的相互影響造成的歷史改變」引致。也就是說，你現在所處的世界，

和你之前所處的世界並不完全相同。其成因是兩個平行世界發生碰撞，甚至合而為一。在平行世界碰撞融合下，某些平行世界的資訊滲透到我們的世界，導致歷史發生了變化。

另一個假設是，你在某個時間點，也許是某天一覺醒來，你的肉體連同腦海中的記憶，從其他世界穿越到了這個有着不同歷史的平行世界。沒錯，在這個假設下你並不是這個世界居民。在原先的世界，曼德拉在 1991 年於監獄中去世；在現今身處的這個平行世界，曼德拉活到了 2013 年。

還有一部分曼德拉效應的支持者雖然也同意平行世界的假設，但是卻認為沒有發生世界融合或肉體穿越，而只是腦海中的記憶發生滲透現象。意思是其他平行世界的你的記憶，因某種原因流入了你的腦海中，篡改了你的記憶。這是一種沒有肉體、只有記憶穿越時空的結果。

簡單而言，可能的曼德拉效應成因可以分成以下三種，接下來的篇幅我亦會先以這幾個主流假設來進行分析：

理論一：改變的是世界，平行世界碰撞歷史改寫

理論二：改變的是你，肉體連同記憶穿越，你不是這個世界的人

理論三：改變的是你，其他世界的記憶流入你的腦海中，導致記憶錯亂

曼德拉效應的定義，後來更擴展到無數個類似的集體記憶錯亂。我們生活中的很多細節，可能都出現了曼德拉效應。從各種事例來看，曼德拉效應真實存在，這一點是毋庸置疑的，因為所謂的曼德拉效應指的是不斷發生的集體記憶錯亂現象，而不是促成這個現象的背後原因。而我在這裏要深入探討的，是曼德拉效應的起因到底為何。

曼德拉效應的各種例子

為了調查這個神秘現象的起因，我進行了一系列的考察，最終挑選了不同範疇、在各個地區都被廣泛接受為曼德拉效應的例子。在下文，我會先為這些例子進行講解，然後再逐一調查、分析、解釋，希望可以揭開曼德拉效應這個困擾許多人的都市傳說的真相。

歷史類

鐘錶上的羅馬數字 IV 的改變

請大家仔細想想，時鐘上的羅馬數字四，是以什麼符號表示的呢？對於這個貌似常識的問題，相信很多人不用多想都會回答是 IV，因為在羅馬數字中 V 代表五，I 代表一，I 在 V 的左邊，所以就是五減去一等於四，非常直觀的邏輯，簡單的答案。

可是我要告訴你，你錯了。在我們身處的「平行世界」中，如同下圖中所示，四的羅馬數字是 IIII 而不是 IV。最令人震驚的是，不單是你手上戴的手錶出現這個「轉變」，就連很久以前落成的地標式建築如大笨鐘、尖沙咀鐘樓上面的四，都是寫作 IIII，而不是 IV。

這些建築都是歷史文物，不可能有人為修改的可能。所以，對於這個嚴重違反邏輯的羅馬數字 IIII 的存在，只有兩個可能性：一是，從很久以前 IIII 就一直存在在鐘錶上；二是，世界上所有鐘錶都受到了曼德拉效應的影響，出現了「歷史改寫」。更多人趨向相信後者的原因是，如果如此怪誕、不合邏輯的 IIII 早就存在，我們見過一次就會留下深刻的印象，不可能毫不知情。

甘迺迪遇刺時乘坐的座駕由四座位變成六座位

　　美國前總統甘迺迪遇刺事件發生在 1963 年 11 月 22 日。甘迺迪為了在競選中爭取南方州份的支持票，到德克薩斯州達拉斯拉票並接受市民的歡迎。可是他在乘車經過市中心的迪利廣場時被狙擊手擊中頭部死亡。這個慘劇不但震驚世界，在這幾十年間，更多次被拍成紀錄片、電影、甚至被製作成遊戲。

　　不過，甘迺迪遇刺時的座駕有多少名乘客這一點眾說紛紜，有不少人清楚記得，當時座駕上只有四個座位。其實只要翻查當年的片段就能發現，座駕上是坐着六個人，分別是甘迺迪夫婦、德州州長夫婦、司機以及保安人員。但是在互聯網上流傳的一張相片顯示，一間博物館中展出的甘迺迪座駕只有四個座位，這被認為是歷史改寫的重要證據。這個事件令甘迺迪在其去世五十年後，再次成為新聞的焦點。

宗教類

改變了的聖經內容

獨角獸這種神話生物相信大家都不陌生，但是你相信《舊約聖經》是最早記載獨角獸的文獻嗎？這是很多人都聞所未聞的事實，單是在英王版聖經中，就已提及了九次獨角獸。

例如：

God brought them out of Egypt; he hath as it were the strength of an unicorn. (Numbers 23:22)

中譯：上帝把他們拯救出埃及，他的力量就像獨角獸一樣強大。（民數記 23:22）

以及：

Save me from the lion's mouth: for thou hast heard me from the horns of the unicorns. (Psalm 22:21)

中譯：請救我逃離獅子的嘴巴，你回應了我的祈禱，會拯救我脫離獨角獸的角。（詩篇 22:21）

曼德拉效應的支持者認為聖經中出現獨角獸，是因為聖經受了曼德拉效應的影響出現改變。這難道是歷史改變的證據嗎？

地理類

自由神像的位置

　　在曼德拉效應中，許多景點、建築，甚至是一整個國家的地理位置都有改變。例如美國著名地標自由神像，就被認為從埃利斯島（Ellis Island）移到了現今的自由島（Liberty Island）。要移動一個重達二百噸的龐然巨物自然不是能偷偷做到的事，曼德拉效應的支持者認為，這是歷史改變的結果。

娛樂類

中國人不是東亞病夫

　　這句對白被認為出自 1972 年的功夫電影《精武門》。電影中，兩名日本柔道館的成員前來挑釁由李小龍飾演的陳真，並送上一塊

牌匾，上面寫着「東亞病夫」。陳真不甘受辱，獨自將牌匾送回柔道館，一人打敗了全場日本人，並留下了大家記憶中這句「中國人不是東亞病夫」。可是如果我告訴你李小龍從來沒有說過這句話，你會有什麼感想？

　　沒錯，在真正的現實中李小龍所說的，其實是「中國人不是病夫」，少了東亞兩個字。只要我們在 Google 上搜尋「中國人不是東亞病夫」，就會得到九萬個結果之多，而搜尋「中國人不是病夫」卻只會得到三千個結果，這個三十倍的差異，證明了人們普遍認同「中國人不是東亞病夫」才是正確的歷史。這被認為是曼德拉效應造成歷史改變的最佳例子。

C-3PO 的腿是什麼顏色

　　科幻電影《星球大戰》（台譯：星際大戰）中的 C-3PO 是一個全身金色的機器人，它從 1999 年上映的《星球大戰》首部曲就已經出現。但是就在最近，有不少人發現 C-3PO 有一條腿被塗成了銀色。如果你仔細觀察還會發現，銀色的部分在不同的電影中時有改變，或許只有小腿是銀色，或許連腳板都是銀色，不過毫無疑問，銀色從來沒有離開過它的腿。這是一次非常難以接受的發現。許多人認為，這個角色登場至今已經將近二十年，不可能到現在才驚覺它擁有一隻銀色的腿，這必然是曼德拉效應導致歷史改寫的結果。

貝貝熊 Berenstain Bears

　　貝貝熊系列的繪本叢書在美國可說是家喻戶曉，這是一個兒童書籍和電視卡通的系列作，熱門程度可以說每一個八十、九十後都讀過它。但它也是在西方國家最常被提及的曼德拉效應的例子，因為在很多人的記憶中貝貝熊的名字叫做貝倫斯汀（Berenstein）而不是貝倫斯坦（Berenstain）。

　　不過根據出版商以及代理商的記錄，貝貝熊從來沒有更改過名字，這個系列從面世起一直就叫貝倫斯坦。如果你找出一本貝貝熊繪本，確實可以看到封面上寫的是貝倫斯坦。可是有網民在討論這個事件的同時，找出了很多貝倫斯坦被寫成貝倫斯汀的資料，包括八十年代的電視節目表、以及當年出版的書籍。他們想要證明的是，貝倫斯汀這個名字自八十年代開始受到曼德拉效應影響，變成了貝倫斯坦。

魔鏡啊！魔鏡！

如果我問你迪士尼動畫《白雪公主》中最著名的台詞是什麼，或許你的答案是「Mirror, Mirror on the wall」這句出自邪惡的女王口中，用來喚醒魔鏡的咒語，雖然不能說是代表了《白雪公主》，但絕對是街知巷聞。

可是，你確定你的記憶沒有受「平行世界」影響嗎？其實，這句台詞在劇中根本不是這樣的，而是「Magic mirror on the wall」其中一個 Mirror 被替換成 Magic 了。這的確很令人驚訝，造成這個現象的原因，當然是曼德拉效應造成的歷史改寫正在影響我們的世界啦。

產品類

大富翁的眼鏡

熱門桌上遊戲大富翁（又譯地產大亨），就算你沒有玩過，也應該見過它的吉祥物 Mr. Monopoly。在你的印象中，他有沒有佩戴單鏡片眼鏡呢？根據一份雜誌在美國的調查，63% 的受訪者認為 Mr. Monopoly 戴着眼鏡，其中半數對他們的答案非常有信心。不過毫無疑問的，在「我們身處的世界」之中，他是沒有佩戴眼鏡的。這又是一次曼德拉效應存在的證據。

平行世界造就曼德拉效應？

曼德拉效應的例子當然不止這些，這只是其中比較貼身和有名的一小部分而已。如前文所述，相信曼德拉效應的人普遍都認為這個現象是由平行世界造成的。無論是證明還是證偽這個假設，都必須先問一個問題：「平行世界在科學上站得住腳嗎？」

事實上，平行世界理論在科學界佔了舉足輕重的地位。早在1895 年，科學家就已經提出平行世界的概念。此後一百多年間，人們對平行世界的研究從未中斷，並且已經有了很大的進展。

從物理學的角度來看，現今被科學界所接受的平行世界模型有三個，這三個模型雖然互不相通，但是卻有相似的地方。

第一個模型：黑洞子宇宙

第一種平行世界的理論來自於黑洞。黑洞，是大質量的恆星消亡時，發生重力塌縮而形成。它產生極強大的重力場，所有物質都會被它吸進去，就連速度極快的光也逃不出來，因此它會囚禁吸進去的所有物質。黑洞的中央是一個名為時空奇異點的位置。科學家認為，在那裏會形成一個蟲洞，通往另一個被稱為嬰兒宇宙（baby universe）的新時空，換句話說每當一個黑洞形成的時候，就會有一個新的宇宙出生，這個宇宙就是一個獨立於我們這個世界的平行世界。

第二個模型：膜宇宙學

　　相信大家都知道我們身處的宇宙空間是三次元，這三個次元分別是長、寬、高，再加上時間為第四次元，形成宇宙的四次元時空。不過科學家相信，在宇宙之外，是一個十一次元的超空間，而我們的宇宙就好像一個肥皂泡，飄浮在超空間之中，在超空間裏有無數個相似的肥皂泡，每一個都是一個平行世界。

第三個模型：多世界詮釋

　　平行世界的另一個模型來自於量子力學的多世界詮釋。在這個理論之下，你的一舉一動、引發的每一件事，都可以產生不同的後果，而所有可能的後果都會形成一個世界。舉例來說，你在分岔口選擇向左走，你那一刻就創造了一個你向左走的世界，而在你無法觸及的另一個時空，則同時存在一個你向右走的世界，甚至是你選擇折返的平行世界。所以理論上來說，同時存在的平行世界有無限之多。它們之間互不相通，所以科學家很難證實他們的存在。但是，著名物理學家史提芬‧霍金、加來道雄等人，都是多世界詮釋的支持者，科學家在近年也發現了不少平行世界存在的證據。

　　在 2017 年，英國杜倫大學的一群科學家檢視了一張以宇宙背景輻射繪製的宇宙地圖，發現在距離地球一百八十萬光年的位置，有一個溫度異常低的區域。科學家起初推斷，是因為那裏只存在少量的宇宙物質，缺乏大型星系，而形成一個虛空區域。

　　後來，他們發現這個解答是不正確的。最新的研究表示那裏根

本不存在大型空洞，星系的數量也與宇宙其他區域差不多。最新提出的理論認為，那個低溫空間，是因為我們的宇宙曾經或者正在和其他平行世界的宇宙碰撞。

正如之前所講，我們身處的宇宙就像是一個個肥皂泡，這些泡泡有機會互相碰撞，令到我們的宇宙空間受到擠壓，碰撞地區的能量就會流失到其他空間，所以那一處的溫度就會比宇宙其他地方為低。這些碰撞發生的原因，有可能是因為我們的宇宙正在加速膨脹引起。

以上所說的物理模型無法用實驗的方式去確認，也沒有器材探測，但是透過數學計算，平行世界存在的可能性是非常之大的。客觀上來說，每一個平行世界都是現實，但是對於受曼德拉效應影響的「穿越者」來說，我們身處的世界就不屬於他們了。對於那些人來說，他們保留的某些舊世界記憶會和他們身處世界的歷史不同，或是許多歷史都發生了重大的改變。

稍微提一下，雖然普遍認為曼德拉效應是由平行世界引起，但也有人認為這不一定是自然的力量，而是人為造成的。有理論提出曼德拉效應是由 CERN（歐洲核子研究組織）的實驗引發。這些理論的支持者認為 CERN 製造的大型強子對撞機造成了嚴重的時空擾動，令到平行世界發生融合。當然，這些都是一小部分人的片面之詞，CERN 的工作只是研究次原子粒子的構造和特性，強子對撞機產生的能量遠不足以產生破壞，更說不上擾動時空。

曼德拉效應背後的各種疑點

曼德拉效應是存在的，這一點是毋庸置疑，平行世界存在的可能性也非常之大。但是我們還是無法將兩者拉上因果關係，全因背後的理據充滿疑點。

不過要證明兩者之間毫無關係也不容易。提出曼德拉效應的學者假設「曼德拉在 2013 年死亡」為新歷史，而所有「曼德拉在 1991 年死亡」的記載都是舊歷史留下的蛛絲馬跡。要推翻這個說法是非常困難的。

這就好像非常著名的「上週四命題」（Last Thursdayism）：宇宙是在上週四創造的，世界上的所有物質、星系，地球的歷史，以及你腦海中的所有記憶、經歷都是在那一刻才出現。

你永遠無法證明這不是事實。

我們也無法使用窮舉的方法去證明曼德拉效應並非因為「平行世界的影響造成歷史改變」，因為就算否定了一千個曼德拉效應的例子，還是無法判斷所有個案都是可以用現今的科學解釋得通。這就像抓到了一千隻黑色的烏鴉，依然無法證明所有烏鴉都是黑色的一樣，誰知道哪裏還躲着一隻患有白化症的烏鴉？

不過，這種「不是我贏就是你輸」的說法並不代表無法攻破。我們可以對曼德拉效應根本的理論進行分析，從而破解這個謎團。菲歐娜‧布魯姆等人提出以平行世界理論去解釋曼德拉效應，存在着非常多的疑點。

疑點一：

如果曼德拉效應是因為「平行世界造成歷史改寫」（理論一），那麼歷史的改變應該是完全的，即是說從曼德拉死亡（舊歷史）轉變成曼德拉沒死（新歷史）這一過程，「新歷史」會蔓延到全球各地，所有記載曼德拉死亡的文獻都會消失，不應該殘留所謂的歷史改變的證據。

部分擁護曼德拉效應的學者經常提到一個所謂證據，是一本1991 年 10 月出版的書籍，裏面記載曼德拉在當年 7 月 23 日去世的消息。但是他們避而不談的一個事實就是「歷史改寫」的不完全性，也就是所謂的殘留現象。無論是從科學、宗教、還是超自然角度來分析這本書，它都不比其他歷史文獻來得特別。如果理論一正確，這本書的內容理應也會因歷史改寫而發生變化，不可能被現在的人看見，為何這本書會倖免於歷史改寫呢？

這樣的邏輯可以應用在大多數的曼德拉效應上。「歷史改寫」的不完全性與「平行世界造成歷史改寫」產生很大的矛盾，足以證明理論一是錯誤的。

疑點二：

　　雖然不少人會選擇避而不談，但是時間久了他們也不得不承認以上矛盾，否則曼德拉效應的根基就會被動搖，他們因而創造了延伸理論來堵塞這個漏洞。他們提出，平行世界的影響並不會真的改寫歷史，而是使人或記憶穿越到另一時空，這就是理論二和三的由來。也就是說，平行世界中的一些記憶，流入或是取代了世界大部分人口腦海中的記憶，從而造成這些人的記憶與世界不協調。

　　但是這樣又會出現另外兩個矛盾：第一，如果某個人的記憶是來自平行世界，那麼他對其他事物的認知必然會和我們有差別。例如上文提到的記載了曼德拉死亡的書籍記述，曼德拉之死造成了南非出現劇烈社會動盪，並摧毀了因卡塔自由黨和非洲民族議會簽訂的協議。但是事實證明，這些認為曼德拉已死的人並不記得曼德拉死亡引發的事情。部分支持者解釋說這是因為曼德拉效應有其侷限性，只會令固定事件的平行記憶流入其腦海當中。第二個矛盾則是曼德拉效應的非隨機性，我會在疑點三繼續講解。

平行世界的你　　　　　　你

疑點三：

　　即使曼德拉效應造成的記憶流入影響是有侷限性的，它的影響理應是完全或隨機的，一視同仁而不存在個人意志的選擇。可是我們從事例中清楚看到，有一部分人較不容易受到曼德拉效應影響，為什麼這些人能得以倖免呢？

　　對此，試圖以平行世界解釋曼德拉效應的學者有兩種解釋：A，根據理論一，認為這些人因某些特質不會受到兩個平行世界融合的影響；B，根據理論三，認為這些人因某些特質，也許是精神力較弱，所以會受到來自平行世界記憶的影響。

　　但是這兩個假設都存在不正確的地方。因為在疑點一的講解中我們已經討論過，A點所建基於的理論一並不成立，所以我們在此章節只需要針對 B 點進行破解。

　　首先，曼德拉效應的個案數以百計，所謂精神力弱小的人理應對這上百個個案都會出現類似的反應，擁有所有其他世界的記憶。或者說，受曼德拉效應 A 個案影響的人，必然也會受到曼德拉效應 B 個案影響，這理應會使那些受曼德拉效應影響的人走到街上時，發現許多事物都跟他們印象中不同。

　　但是很明顯這個陳述不可能是真確的。顯然這些被認為精神力弱小的人就只在某些場合才會受影響，難道說他們會在特定情況表現出精神力強大嗎？這令精神力之說顯然非常矛盾。

曼德拉支持者看到這裏可能會說，或許他的精神力真的時強時弱呢？好吧，退一步來說，當這個假設是對的，那就分析一下造成他精神力弱小的原因是什麼吧。

我就鐘錶上的四從 IV（平行世界或舊歷史）轉為 IIII（我們身處這個世界）這一個案，對普通人進行了隨機問卷調查。

結果顯示，認為鐘錶上的四是寫作 IIII（沒有受到平行世界記憶影響）的佔了約 13%，認為鐘錶上的四是寫作 IV（受到平行世界記憶影響）的佔了約 87%。這意味着大部分的人還是精神力蠻差的，對吧。

我對鐘錶業的從業員重複了同樣的問卷調查，結果顯示高達 90% 的人都知道鐘錶上的四是寫作 IIII，和普通人的 13% 相比是天淵之別。可見鐘錶業者是因為觀察到 IIII 的存在並且深深刻印在腦海中，才沒有誤會鐘錶上的四曾經從 IV 轉變為 IIII。曼德拉效應支持者提出的理論，很難解釋為什麼所謂的舊世界記憶不會侵擾鐘錶業者。

大家看到這裏都應該明白，曼德拉效應發生與否根本跟精神力或平行世界無關，只是一個人對某件事是否熟悉的問題。一個天天對着鐘錶的錶店銷售員，自然知道鐘錶上的四是寫作 IIII，也很難因為心理暗示而令到記憶被改寫，因為 IIII 是存在的這一個事實，已經深深刻印在他們的腦海之中了。

我舉其他個例子，埃利斯島上的工作人員一定知道自由神像座落在自由島上。可是歐洲來的遊客，他們一定不會那麼清楚了。我相信 Berestain Bear 的作者 Berestain 先生不會把自己的名字寫錯成 Berenstein。

我們透過歸納的方法得出，這些人究竟具備什麼能力去擺脫曼德拉效應，那就是對這個領域熟悉。如果曼德拉效應真的是來自平行世界的強大不可抗力，單憑人類脆弱的記憶真的能與之抗衡嗎？

疑點四：

在曼德拉效應這個詞彙出現之前，有沒有發生過類似的事件？

在之前我們已經講過，曼德拉效應是在 2009 年被人發現，從此以後就出現了數以百計的曼德拉效應例子。如果曼德拉效應真的是由平行宇宙之間的影響造成，那麼這個現象在 2009 年之前就理應出現過。

但是到目前為止，沒有人能解釋曼德拉效應在 09 年後爆發性出現的原因。對這件事最有可能的解釋就是，這只是人們開始注意到這個有趣的現象，開始把一些很多人記錯的事情說成是曼德拉效應的緣故。

疑點五：

　　為什麼曼德拉效應只會表現在細枝末節的事件之上？目前我們所見到的曼德拉效應的例子，都沒有改變一些重要的歷史事件。即使是曼德拉死亡和自由神像移動，它們的影響力都是有限的，像是德國戰勝了世界大戰等逆轉整個地球命運的事情從未發生。

　　對此，超常現象學者引入愛恩斯坦提出的世界線（World Line）理論進行解釋。愛恩斯坦在《論動體的電動力學》中提出，每一個粒子在四次元時空中都有一條運動軌跡，這便是世界線。後人將這個理論擴充到宏觀世界，認為整個宇宙的歷史都有自己的世界線。

　　他們認為在高維時空中，宇宙的世界線就像一棵大樹，從樹幹延伸出樹枝，又分出了枝椏。兩根相近的枝椏，它們世界線之間的距離就會較小，容易發生碰撞和融合。德國在世界大戰取得勝利的平行世界與我們的世界差異太大，所以不會融合發生曼德拉效應。

　　雖然我個人也認為世界線和平行世界是存在的，不過用它來解釋曼德拉效應還是有許多不足之處，蝴蝶效應就是其中之一。蝴蝶效應是指在一個系統中，一個表面上看來毫無關係、非常微小的擾動，可能會為結果帶來巨大的改變。蝴蝶效應是連鎖反應的一種，它常常在歷史改寫的模型中發揮作用。

拿「曼德拉死亡」的例子來說，在曼德拉於 1991 年死亡後，南非會發生社會動盪，根據蝴蝶效應，單一事件的影響會隨時間擴大。具體地假設的話，社會動盪可能會演變成衝突，衝突過程中會有人死亡，這個死亡的人可能本該在未來成為舉足輕重的人物。影響過程可能是在一個月後發生，可能是十年後。如果曼德拉早在 1991 年死亡，南非如今的政局可能會有天翻地覆的差異。我們甚至無法確保曼德拉在 1991 年死亡不會在將來引起世界大戰級別的事件。

換句話說，曼德拉在 1991 年去世的世界和在 2013 年去世的世界之間的差異，根本不是我們想像中那麼小。認為這兩條世界線距離很近才會發生曼德拉效應的理論也因此不成立。

曼德拉效應的解答

以上的疑點都是無法解釋的，從邏輯上來說，曼德拉效應是因為平行世界的影響而出現這個假設必然是錯誤的。所以我認為曼德拉效應最有可能的真相，就僅僅只是一種記憶錯亂的現象。

有大量的研究指出，人類的記憶是非常不可靠以及是可以篡改的。目擊證人證詞的錯漏就是經常發生的例子，據統計，美國每

一年就有超過一百人因為證人的錯誤記憶而被定罪。而每四十宗因 DNA 測試而證實疑犯無罪的案件之中，就有高達三十六人是因為目擊者記憶錯亂、受到改變而誤判。這些目擊者難道也是受到了曼德拉效應的影響嗎？

美國心理學家 Elizabeth Loftus 博士發現錯誤資訊（misinformation）對記憶有直接影響。在一個著名的實驗中，受試者看完一段撞車的影片後要填寫一份問卷。

其中一個問題是：「兩輛汽車（動詞）時，汽車時速約為多少？」不同受試者在底線處填入的動詞都不一樣。當動詞為「碰撞」（hit）時，受試者的平均答案為三十四英里；而當動詞為「撞毀」（smashed into）時，受試者對時速的估計上升到四十一英里。這證明了受試者的記憶會輕易受到外來因素影響。

在一星期之後，受試者被問到當天看的事故影片中有沒有玻璃碎片，動詞為「碰撞」組的受試者只有極少數回答看到玻璃碎片；動詞為「撞毀」組的受試者則有三分之一人回答看到。事實上，影片中根本沒有玻璃碎片，那三分之一的受試者一定是經歷了，你知道的，曼德拉效應。

實際發生的事故　　　記憶中的事故

　　很明顯，這是因為動詞之間的差異而導致受試者產生了錯誤的記憶。由於這些動詞暗示了車禍的嚴重程度，動詞為「撞毀」組的受試者被植入了猛烈撞擊的記憶，會較動詞為「碰撞」組的更有可能「記得」並不存在的玻璃碎。

　　除此之外，Elizabeth Loftus 教授在 1995 年還進行過一項購物中心迷路實驗，我們從中能得知，一些從不存在或者完全錯誤的記憶，是可以透過心理暗示植入人的腦海中的。

　　這個實驗一共有二十四人參與，分為幾個階段。首先，實驗者為每一位受試者準備了一本筆記，裏面寫上了四項他們自己的童年經歷，其中三項是透過其家人的協助得到的真實經歷，只有一項「在購物中心迷路，最後在一名老人的幫助下找回家人」這件事是虛構的，這是由實驗人員設計出來誤導受試者的。接下來，受試者必須寫出各項事件的有關詳情，如果記不起，受試者可以填上「我不記得」。

在實驗進行的五天裏，受試者記起愈來愈多虛構事件的細節，結果二十四人之中有七人，寫出了他們記得「在購物中心迷路」，他們細緻描述了事件「發生」的過程，例如十四歲男童 Chris 記得遇到的那名老年男子穿的外衣是藍色的，頭有點禿，戴眼鏡；再見到母親時，母親說了句：「下回要小心點了。」彷彿這是他們親歷其境的真實事件。

在實驗的第二階段，實驗者告知擁有虛假記憶的受試者，之前的四項事件中有一項是虛構的，並請他們指出來。結果仍有五位受試者沒有正確指出虛構的事件，他們堅信「在購物中心迷路」是其真實的經歷。

到了實驗的第三階段，實驗者要求受試者按記憶的清晰度排列筆記中的事件時，不少受試者竟然把「在購物中心迷路」事件放在頭一、二位，比真實發生過的事件還要清晰。證明這個虛構記憶已完全植入了受試者的腦中，成為一個「真實」的回憶。

當實驗到最後階段，實驗者告知剩下的幾位受試者這個迷路記憶是捏造的，這些對自己的記憶深信不疑的人皆感到震驚不已，久久無法釋懷。

以上的實驗足以證明我們認為真實、肯定、不會有錯的記憶是會有誤差的，甚至可能從沒有發生過。你若然受到特別的心理暗示和輔導去回憶某一事情，你就可以「記起」這件事情。Elizabeth

Loftus 後來設計出更多類似的心理暗示，讓受試者「記起」更多過去未曾發生的恐怖經歷，有被野獸襲擊、遇溺、見鬼等等。「記起」這些離奇怪誕經歷的人有接近兩成到三成。所以 Loftus 認為人的記憶更像是維基百科，而不是一本百科全書。只要用正確的方法，人人都可以修改他人的記憶，先前存在的記憶也可以在回憶時被錯誤訊息替換或損壞，將本身的記憶改寫或是添加新的內容，這被稱為錯誤訊息效應（misinformation effect）。

簡而言之，曼德拉效應也只是類似的心理暗示，令人對本身不熟悉或不確定的記憶發生變化，或是植入新的記憶，令你可能會覺得那些人工記憶才是真的。

對以上的心理學解釋，支持平行世界記憶理論的人士也有相應的反駁。他們主要的論點是，個人的記憶錯誤或許可以從心理學的角度解釋，但數以千計而且彼此不相干、素未謀面的人們，同時對同一個事件或事實產生誤解，甚至是發展出完全相同的錯誤記憶，這必然無法解釋。

事實上，一班人共同擁有雷同的虛構記憶是絕對有可能的事。我們身處的是一個充滿訊息的社會，這些訊息的來源可能是出自同一間媒體、同一個社交網絡，造成兩個互不認識的人接收到這些訊息後擁有相同的想法。當這些有相同想法的人因曼德拉效應這個話題聚集在一起，就會不斷相互加強錯誤記憶，達成一個集體催眠的效果。值得留意的是，我們並不是在一瞬間就理解和相信曼德拉效

應、立刻就接受這一個新的理論，可能需要觀看無數個案，花費大量的時間。而在這之後，記憶又會以數個月、數年為單位，慢慢受到侵蝕，最終新的記憶產生時，你也不會記得舊的記憶是什麼時候消失的。

曼德拉效應個案逐項破解

傳聞中曼德拉在 1991 年去世一事，超自然學家菲歐娜・布魯姆提出了很多證據，但是這些所謂證據的真實性都存疑。

很著名的一個例子是，如果你在 Youtube 上搜尋 Bush 和 Mandela，就可以找到美國總統喬治布殊的一段演講的片段，他說道：「我聽到別人問：『曼德拉在哪裏？』好吧，曼德拉死了。」(I heard somebody say, 'Where's Mandela?' Well, Mandela's dead.)

根據資料，這次演講是拍攝於 2007 年，當年曼德拉還活得好好的，難道是曼德拉效應導致他說錯話了嗎？抑或這個片段是他人偽造出來的？

　　其實，喬治布殊當年真的說過這句話，不過我們必須看過前文後理才能判斷這句話的真正含義。他當年所說的全文是：「為什麼伊拉克沒有立刻出現民主，那是因為人民還在從薩達姆侯賽恩的殘暴統治之中恢復過來。我聽到別人說過一個有趣的評論，我聽到別人問：『曼德拉在哪裏？』好吧，曼德拉死了，薩達姆侯賽恩殺了全部的曼德拉們。他是一個分裂群眾、拆散家庭的殘酷暴君，人們仍在從他手上恢復過來。他們在心理層面上仍然在復原之中，這對他們來說很困難，我理解這對他們來說很困難。」

　　當時布殊會這麼說，是因為他在講解伊拉克在經歷獨裁者薩達姆侯賽恩的高壓統治，以及海灣戰爭的血腥之後，接下來的民主化發展。他認為在伊拉克出現民主之前，需要一段時間給人民從薩達姆的統治中恢復過來。很明顯，布殊所說的曼德拉並不是真正的曼德拉，而是用曼德拉借代歷年被侯賽恩殺死的眾多民主主義者，從而解釋為什麼伊拉克不會在短時間內變成民主國家。

　　其實，不單止近年曼德拉效應的支持者斷章取義地認為布殊所說的話是曼德拉效應的一大證據，當年布殊的發言就已經引起了很多方面的反響，就連路透社的記者，都指責他拿曼德拉的生死做比喻是不恰當的，並且在報導中澄清曼德拉依然在生。

REUTERS #WORLD NEWS   SEPTEMBER 21, 2007 / 8:17 PM / 10 YEARS AGO

Mandela still alive after embarrassing Bush remark

不過，我們現在可以肯定，當時布殊的思路非常清晰，他沒有記憶錯亂，也沒有受到所謂的「歷史改寫」影響。

曼德拉誤傳死亡並不是一朝一夕的事，1980 年代，因為南非監獄的環境非常惡劣，曼德拉的健康狀況日益惡化，先後患上寄生蟲、結核、腎炎等多種疾病。連曼德拉本人也曾經透露，當時他很擔心自己會像過去的其他政治犯一樣死在監獄。

隨着南非民主化日趨受到西方國家的關注，「解放曼德拉」的呼聲也愈來愈大。開始有傳媒正式探討曼德拉死在監獄的可能性。另一方面，有許多和曼德拉一樣為南非種族政策和民主化奮鬥的民運人士，受到南非政府迫害而相繼去世，令到各界人士舉行許多示威遊行。這些民運人士的葬禮、追思會，和曼德拉的妻子溫妮的演講，都在那個時代成為了社會的焦點，也因此常有人誤會曼德拉和他的戰友一樣已經去世。

曼德拉效應的支持者經常會以一本 1991 年出版，名叫 English Alive 的書為證據，因為書中寫有這樣的一句：「1991 年 7 月 23 日，

納爾遜・曼德拉的去世，令到 1991 年 1 月 29 日簽訂的和平協議形同虛設。」

> Yet, words like *reconciliation*, and the *New South Africa* simply were not long enough to bridge the vast differences between blacks and whites. The chaos that erupted in the ranks of the ANC when Nelson Mandela died on the 23rd of July 1991 brought the January 29th 1991 Inkatha-ANC peace accord to nothing. It lacked one thing. It lacked the last realisation.

　　難道這就是證明平行宇宙影響我們世界的證據嗎？並不是。事實上，這本書的副標題是「1990：南非的高中作文集」（*1990: writings from High Schools in Southern Africa*），這不過是一本由出版社收集南非各城市的高中生的英文作文製作成的散文集，裏面的資料並沒有受過嚴謹的考證，也絕對不是可信的歷史紀錄。

鐘錶上的羅馬數字 IV 的改變

　　不少人認為鐘錶上的 IIII 是源於曼德拉效應，但很少人知道的是，即使不是在鐘錶上，早期的羅馬數字還是常常將四寫成 IIII。這是因為古羅馬文中，神祇朱比特的名字是寫作 IVPITER，羅馬人會避免使用 IV，表示對神明的尊敬。在一些古羅馬的雕像上，經常可以看見 IIII 作為四出現。

ADSORORES·IIII

　　後來，法國皇帝路易十四認為 IV 一字非常難辨認，於是下令所有鐘錶上的 IV 必須改成 IIII，這個習慣因為美觀保留到現在。

甘迺迪遇刺時乘坐的座駕由四座位變成六座位

其實，這張廣為流傳的甘迺迪座駕相片，根本不是他在 1963 年在德克薩斯州遇刺時乘坐的那一型號 CONTINENTAL X100 LIMO，而是 1962 LINCOLM CONTINENTAL CONVERTIBLE。該展覽也清楚寫明，展品只是示意圖，真正的 CONTINENTAL X100 LIMO 全世界只有一輛，存放於亨利福特博物館。所以即使展品的汽車是四座位我們也不能質疑，就像我們不能質疑這位甘迺迪夫人的人偶為什麼長成這個樣子。

中國人不是東亞病夫

李小龍的《精武門》，大家沒有看過也有聽過，照道理是不會記錯這句對白。可是大家不要忘記，《精武門》是在 1972 年上映，距今已將近半個世紀之久，相信完整看過這部電影的讀者不會太多，我本人也沒有看過。

那麼我們這些沒有看過原版《精武門》的人是從哪裏得知這句對白的呢？自然是媒體的引用和翻拍的版本。其中最著名的不外乎1995年由甄子丹主演的版本，當中甄子丹在同一場景說出的對白就是「中國人不是東亞病夫」。還有網民聲稱，李小龍當年說這句話的時候語氣更加憤怒，而且他是踢碎整個牌匾，而不是打爛牌匾後用手將紙撕碎，也沒看過把紙塞進別人嘴裏的鏡頭。其實，這都是受了甄子丹版本的《精武門》影響，如果大家看回甄子丹的演出，就會發現情節和網民描述的非常相似。而傳媒對這句對白的引述也是「東亞病夫」多過只寫「病夫」，這也是理所當然地呼應牌匾上寫的字罷了。

C-3PO 的腿是什麼顏色

老實說，我沒有看過《星球大戰》系列的電影，藉着這個機會終於可以細心欣賞這部名作。我發現，C-3PO 的銀腿絕少被鏡頭拍到，出現在熒幕上的通常都是它的上身，拍到他的腿的場景，多數都是為了拍攝它的搭檔，一部矮小的機器人 R2-D2。這時，鏡頭的焦點和觀眾的注意力都會放在 R2-D2 身上，留意銀色的腿的人少之又少。

這個現象在心理學上稱為「選擇注意」（selective attention），是指在外界諸多資訊中僅僅注意到某個方面，而忽略了其他資訊。在極端的情況下，就算 C-3PO 在你面前把整條腿拆下來，你還是有可能看不到，除非你像我這樣一整天盯着他的腿。

加上 C-3PO 出現的場景，時常在沙漠拍攝，在黃色沙土的反射下，根本很難看到它的銀色小腿。在室內的情況，它的小腿也會像鏡子一樣反射它的另一條腿，使得它至少有一半會顯現出金色。再者，C-3PO 這個非主角人物在大部分場景中都是完全融入背景，或是只出現一下子，顏色差異完全不明顯。

這個問題，飾演它的演員安東尼・丹尼爾斯已經在訪問中回應過。他是這樣說的：「它一直都有條銀色的腿，甚至連劇照的攝影師約翰・傑伊（John Jay），有一天跑過來對我說：『你今天怎麼穿起了銀腿？』他可是劇照攝影師，他每天都在喀擦、喀擦、喀擦地拍，連他都沒注意到。所以我們會更進一步，導演 J・J・亞柏拉罕決定給它一個更顯眼的紅色手臂。」之後的故事裏，C-3PO 真的多了一隻紅色的左手，劇組還為這隻手加上了設定和故事。

既然連專門拍攝人物的攝影師都不記得這條銀色的腿，那對於一個普通觀眾來說，要留意到這一細節更是難上加難。

其實這個銀色腳的問題，早在曼德拉效應爆紅之前就已經有詳細記載，我找到互聯網早期，1992 年 12 月 9 日的一個討論區帖子，其中就有人問道，C-3PO 是有條銀色的腿嗎？許多網民都回答說沒有留意到這條銀腿。當年仍未在故事中提到這條銀腿的由來，但是至少早已有人在討論這個難以注意的事實。

貝貝熊

雖然「Berenstain Bear」在歐美國家非常有名，可是在中文圈看過它的人並不多。在接觸曼德拉效應之前，我也沒有聽過這個兒童系列叢書。這令我發現，要分辨書籍的原名是 Berenstein 還是 Berenstain 真的非常困難，以致我寫到現在還沒搞清楚哪個才是真名。

那麼，大家應該明白，會出現這樣的記憶錯亂並不一定與歷史改變有關吧。畢竟這個名字就是很難記。而且對於以英語為母語的人來說，以 stein 作後綴的姓氏極為常見，一提到 stein，很多人第一時間會想到 Einstein（愛恩斯坦），或者是 Frankenstein（科學怪人）、Goldstein（例如小說《一九八四》中的人物 Emmanuel Goldstein）。

其實，這個後綴是來自德語，意思是指石塊或啤酒杯。那 stain 指的是什麼呢？污跡？不是，其實這個詞彙和 Steven 有同樣的淵源，把這個作為姓氏後綴的人並不多，多數居於以色列。Berenstain Bear 的名稱是來自其作者 Berenstain，他是一名美籍猶太人，所以 Berenstain 並不是美國本土常見的姓氏。作者在自傳中表示，他小學時的老師就曾經誤會他的姓氏為 Berenstein，甚至還不相信他的真正姓氏是 Berenstain。他還發現大部分的人都稱呼他的兒子為 Berenstein 而不是 Berenstain，可見這一個錯誤從很早就已經出現，並不是因為曼德拉效應而產生。

最後要說一句，我相信很多人看到這裏還是沒搞清楚真正的名字是 Berenstain 還是 Berenstein。

魔鏡啊！魔鏡！

白雪公主中王后的著名對白「Mirror, Mirror on the wall」是不是因為曼德拉效應而變成了「Magic Mirror on the wall」呢？其實這個問題的答案非常簡單，那就是兩者是並存的。

根據我的調查，在白雪公主最早的英文譯本（1857 年）上記載的對白就是「Mirror, Mirror on the wall」。而迪士尼的白雪公主動畫 1937 年才播出，比原始譯本晚了足足八十年。在製作動畫的過程中，迪士尼加上了原創的元素，自行把「Mirror, Mirror」改成了「Magic Mirror」。

造成這個問題的原因是，真正看過這部白雪公主動畫的人遠比看過原著的少，大家對迪士尼原創的「Magic Mirror」的印象自然沒有原版的「Mirror, Mirror」強烈。

對於華人來說，中文版本的白雪公主中的對白一直都是「魔鏡啊！魔鏡！」這個譯法又是怎麼來的呢？我找到了白雪公主第一個中文譯本，這篇題名《雪霙》的白雪公主文言文版本，刊登在 1909 年《東方雜誌》第十期，文中王后的對白為：「數去名閨秀，阿誰貌最妍？明鏡倘相告。」明鏡，而不是魔鏡。

同樣的對白，1934 年上海商務印書館出版了魏以新翻譯的《格林童話全集》，當中則譯為：「牆上的小鏡子、小鏡子，誰是全國最美麗的女人？」小鏡子，也不是魔鏡。

　　反觀譯為「魔鏡啊！魔鏡！」的版本，全數都是在 1937 年之後才出現，足以推斷這句對白，是揉合了原始版本和迪士尼動畫的產物。

　　如果歷史或記憶真的被改寫，我們需要第一時間考慮，是否只有迪士尼動畫受到影響，否則之前的原文和譯本都應該會變成「Magic Mirror」。即便記憶真的只改寫了歷史中的迪士尼動畫對白，也會出現非常大的矛盾——無法解釋「魔鏡啊！魔鏡！」這句中文對白為何會出現。

　　根據曼德拉效應的支持者提出的理論，迪士尼動畫中的對白由「Mirror, Mirror on the wall」變成了「Magic Mirror on the wall」，既然我們能意識到以上一點，就必然也會意識到中文譯本是從「鏡子啊！鏡子！」改為「魔鏡啊！魔鏡！」因為剛才我們提到，「魔鏡啊！魔鏡！」這個中譯版本，是受迪士尼動畫影響而生。可是在這個年代中，根本沒有人記得「鏡子啊！鏡子！」這種奇怪的譯法，所以我們成功證明，在白雪公主這一個案中，根本不存在曼德拉效應。

大富翁的眼鏡

即使是沒有見過 Mr. Monopoly 的人，也絕不會對燕尾服、高禮帽和單鏡片眼鏡這個造型感到陌生。這一身打扮是十九到二十世紀初上流社會男性的經典造型，在各種真實和虛構的人物身上也經常出現，例如某花生品牌的吉祥物花生先生，以及右圖這個在國外討論區經常被轉貼的漫畫人物「Like a Sir」。因此，誤會 Mr. Monopoly 戴着單鏡片眼鏡這一現象，只是由刻板印象引起的自然聯想，從而自我植入錯誤的記憶，也是前文提到的錯誤訊息理論的最佳例子。

其實，Mr. Monopoly 的原始版本，是 1936 年誕生的 Rich Uncle Pennybags，因為設計這個人物時，燕尾服、高禮帽和單鏡片眼鏡這一套造型已經過時，所以他在初登場的時候只是穿着燕尾服，連高禮帽都沒有戴上。

自由神像的位置

在我們的現實當中，自由神像毫無疑問是座落在自由島上。那麼為什麼會有這麼多人誤會自由神像是在埃利斯島上呢？這其實是非常容易解答的。自由神像位於美國國家自由紀念區之中，而紀念區則是由自由島和埃利斯島共同組成，所以遊覽這個景點的門票和船票，很多時都是共同發售的。當地人稱呼這個景點的時候，會叫它們做自由神像和埃利斯島（The Statue of Liberty & Ellis Island），而不是自由島和埃利斯島（Liberty Island & Ellis Island）。這是因為自由島就是為了自由神像而設，島上除了自由神像，幾乎沒有別的景點，因此自由神像這個響亮的名字，把自由島的存在感幾乎抹去；而埃利斯島就不一樣了，它曾經是移民局的所在地，至今仍座落着博物館和其他設施。所以自由神像和埃利斯島幾乎是被當成專有名詞使用，不代表自由神像座落在埃利斯島上。

另外，就連美國人都未必知道，其實這兩個島嶼是更靠近新澤西市而不是紐約市，卻被納入了紐約市管轄。如果將曼德拉效應神秘化者得知這一個小知識，一定會被當成：「自由島和埃利斯島向新澤西漂移，地理位置出現變化。」

改變了的聖經內容

要理解聖經中獨角獸的由來，我們必須先從《舊約聖經》的歷史開始說起。

大約在公元前 300 年中期，埃及被亞歷山大帝國統治，此後便深受希臘文化影響。埃及法老托勒密二世任命亞歷山大城的七十二位猶太學者將《舊約聖經》的頭七卷由希伯來文譯為希臘文，並把他們送到亞歷山大城附近的法羅斯島，為不熟悉希伯來文的亞歷山大城猶太人使用。

　　後來此譯本被稱為「七十士譯本」，是最早的希臘文聖經譯本。在希伯來文的《舊約聖經》中，有一種叫 re'em 的真實存在的動物，猶太學者不知道這是什麼動物，但因為埃及法老只給他們七十二天時間翻譯聖經，根本沒有時間研究這隻動物的由來。學者們只好從牠們「行動迅捷，兇猛好鬥，額上長有突出的角」的特徵，將其譯為神話動物 monoceros（獨角獸）。

　　這明顯是個錯譯。因為在希伯來文《舊約聖經》中，並沒有明確記載這種動物長有多少隻角。不過在《申命記》第三十三章第十七節和《詩篇》第二十二章第二十一節中，提到這種生物的角時是用「horns」，證明一隻 re'em 是長有複數的角的。而《申命記》第三十三章第十七節中也將 re'em 的角比喻為 Ephraim（法蓮）和 Manasses（瑪拿西）兩個部族，可以推斷 re'em 是有雙角的。

　　根據後人的研究，re'em 的真正身分，其實是在當地已經滅絕了的野牛，因此猶太學者不知道這種動物也是正常。而野牛的亞述文 rimu，對應的希伯來文是 re'em 或 rêm，也驗證了這個說法。

這次小小的失誤，對日後獨角獸的傳說影響了數千年。但是近年的英文聖經譯本，很多都已經將這個錯誤改正，在中文圈最廣泛流傳的和合本聖經也採用了「野牛」的譯法。這也是為什麼很多人不知道聖經中曾經記載過獨角獸的原因。其實還有很多與聖經有關的曼德拉效應，都是由翻譯的差異或失誤造成的，在此就無法一一詳述了。

第三章

網絡世界黑暗面曝光
——暗網

在開始這一篇章之前我要先忠告各位，雖然只要不參與犯罪，瀏覽暗網本身是合法的。但是，暗網中充滿詐騙、病毒和違法的內容，因此瀏覽暗網具有一定的風險，尤其是缺乏相關知識的人很難分辨哪些內容是有害的。故此為了避免墮入法網或是誤中電腦病毒，請務必遠離暗網。

暗網，追求資訊自由的結果

在這個年代，暗網（Deep Web）隨着資訊流通已經變得非常普及。尤其是在西方國家，只要懂得英文，瀏覽暗網可以說是一點難度都沒有。要解釋暗網，對於大部分讀者來說，就像是跟他們解釋什麼是汽車一樣多此一舉，加上我在 Youtube 上也已經對暗網做過詳細的講解，所以，在這裏我想只用短短數百字，給完全沒有接觸過暗網的觀眾作一個簡淺易懂的介紹。

在本書內所指的暗網，就是一些從正常途徑無法進入的網站，這些網站不會被 Google 搜尋到，而是必須使用特定的瀏覽器，例如

Tor 瀏覽器才能進入。早期使用 Tor 建立暗網的目的，根本和犯罪完全無關，而是為了保護國家情報通訊，而由美國國防部屬下的機構開發出來。後來 Tor 成為了網民追求資訊和言論自由的工具，現

今的 Tor 網絡中存在的大量情報和解密網站就是源於當時建立的體系。暗網具有強大的匿名和保密性，所以才會淪為地下世界的犯罪者常用來販賣毒品、槍械、非法服務的媒介，被認為充滿神秘的事物。

Tor 網絡又是不是如同傳說中這麼神秘呢？其實在暗網中，值得一看的神秘和犯罪內容只佔了很少一部分。很多暗網標榜能提供一些不為人知的情報，但是它們很多都只是詐騙網站。因此，要找到表網沒有的資訊，必須經過長時間的調查。在這個篇章中，希望可以帶領大家一探網絡世界的黑暗面。

來自暗網的機密文件

暗網中最有名的情報網站為「策略情報網絡」（SIN），它擁有巨大的電子圖書館，提供各類學科的書籍和情報資料。原本 SIN 是只供特定群體登入，不過近年已經開放給所有網民使用。這類情報資訊網站需要躲藏在暗網的原因，是因為它們提供的內容包括未經許可上傳的書籍或機密文件，未必符合部分國家的版權法，因此要靠暗網來隱蔽行蹤。

在這類的暗網圖書館中，甚至還能找到各國的情報文件和特工的訓練手冊。現在就先來帶大家看看，美國特工是如何工作的，以下內容就來自 CIA 特工的工作指南。

軍方會為潛入敵方國家的特工準備隱形墨水配方。他們在敵人的國家中進行任務，時常缺乏物資補給，無法得到真正的隱形墨水，所以必須教導他們用藥房能買到的材料自行調配墨水。這種墨水只有 CIA 的人員能識別，當盟友用特殊方法檢驗到墨水的存在，就知道這些訊息是自己人留下的。

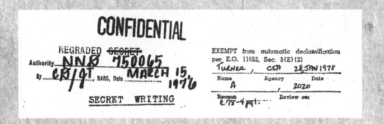

墨水的正式配方分為幾種：

　　1. 硝酸鈉和澱粉溶於水中。特工可以將不顯眼的布料，例如手帕或衣物浸泡在溶液中，晾乾之後就可以隨身攜帶，使用時只需要將該布料加水即可。收到訊息的盟友會用碘化鉀將墨水顯色。

　　2. 硫酸亞鐵，這是一種常見的工業用淨水劑。盟友會使用亞鐵氰化鉀溶液進行顯色。

　　3. 檸檬汁加在亞鐵氰化鉀溶液上時也會出現墨綠色，可是檸檬汁會有強烈的氣味，容易被敵人發現。

這些深入敵國後方的特工，不但要定時發送情報，還肩負破壞的任務。他們必須盡力破壞敵國的社會治安，引發騷動，降低敵國的生產力。以下是戰時政府給特工的破壞指南。值得留意的是，指南中的行為是戰時政府交給特工的任務，全部都是危險的犯罪行為，各位讀者切勿模仿。

1. 在軍用車輛的油缸混入雜質。這些雜質可以是蠟燭上刮下來的蠟，或是隨手撿來的石子和泥土。把它們丟進車輛的油缸中，就能造成油缸堵塞。特工通常一次就會破壞整條街的車輛，如果找不到軍車的話，他們連民用車輛都不會放過，務求造成愈大破壞愈好。

2. 為了摧毀軍用變壓站，特工會胡亂接駁電線，然後打開電閘。這樣做輕則令整個城市的電網短路，重則引發大火造成永久破壞。但這個做法非常危險，對電力工程陌生的人可能會因此觸電身亡。

3. 將大石、樹木和鐵釘丟到路上，或是破壞軍用鐵路，這會為軍方的補給工作帶來極大的阻礙。這種軍事破壞在任何國家都是非常嚴重的罪行，尤其鐵路更是戰爭時期國家的命脈，特工一旦被抓到，一定會被處以死刑。

特工的所謂破壞工作有時也非常兒戲，據文件記載，連怠工和遲到都算是破壞的一種。這解釋了為什麼在某些封閉國家如古巴和

北韓，只是撕毀海報、塗鴉一句反政府的口號，就會被認定是敵方特工。因為在歷史上，特工真的會做這些看似雞毛蒜皮的破壞。

每個人都能潛入的暗網世界

近年來，隨着資訊流通，愈來愈多人知道進入暗網的方法，Tor 瀏覽器的使用人次，已經從 2012 年的每天一百萬上升到 2018 年的每天約四百萬，這個數字還在持續增長中。暗網（以 .onion 的網站計算）數量也已經從 2012 年的少於兩萬個增加到超過五萬個。

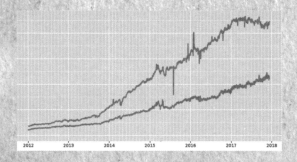

由於大量湧入暗網的普通網民架設了許多健全正常的網站，犯罪網站的比例反而減少，因此暗網早已不再只是犯罪者的聚集點了。

譬如說在暗網中就有一個網站，提供涵蓋三十個國家共過千種美食、超過 10GB 的食譜。不要以為這些食譜是外星人留下或是邪

教的聖餐，它們都是普通食物的食譜，只不過是網民將它們放在暗網上罷了。

要在暗網上建立一個網站，所需的技術含量是非常低的。只要你懂得使用 Tor 瀏覽器，就能在暗網中找到許多免費的網存服務。只是因為暗網的網速較慢，網存空間也比較少，加上 Tor 瀏覽器有防止駭客攻擊的 NoScript 功能，不會載入 JavaScript、Flash、Cookie，所以各位見到的大部分暗網的設計都非常簡陋，像是上一個世紀的產物。

暗網的用戶增加未必是一件好事，許多暗網用戶只是跟隨風潮瀏覽暗網，他們缺乏辨別真假和保護自己的能力，因此以這些新手為目標的詐騙網站也不斷湧現。而且，黑客可以在 Tor 瀏覽器的節點（nodes）上動手腳，令使用者受到入侵。所以瀏覽暗網還是有一定的風險，希望各位讀者可以儘量遠離。

消滅暗網的計劃——
FBI 的洋蔥削皮器行動

暗網中的犯罪網站比例減少，其中一個主要的原因，是這幾年來 Tor 和 Onion 網絡受到美國政府的「關照」。美國聯邦調查局（FBI）和國際刑警早在 2010 年就已經認識到暗網的危險性，畢竟

暗網中發生的事是難以監控的。美國政府在 2013 年正式展開洋蔥削皮器行動（Operation Onion Peeler），打擊暗網中的犯罪者。

　　在已被美國政府取締的犯罪網站之中，Silk Road（絲綢之路）是最為人熟悉的。它曾是暗網中最大型的違禁品網購網站，居住在美國  境內的所有人都可以透過它購買不同種類的毒品、假證件、槍械和其他違禁品。在 2011 年到 2013 年僅僅兩年的時間裏，Silk Road 已經累積了超過九十五萬用戶和一百二十萬宗交易。他們是如何運作，可以不斷進行交易之餘，又能避過警方的追查呢？

　　要解答這個問題，首先我們需要明白在 Silk Road 開設一間網店，必須先繳交一定數量的保證金。然後這名新晉「店主」就可以在 Silk Road 上自由買賣。雙方交易用的貨幣，永遠都是暗網中使用的匿名貨幣 —— 比特幣，加上使用 Silk Road 的人都是用了 Tor 瀏覽器隱藏身分，沒有人能夠追蹤到交易雙方的身分。

　　因為每一筆交易都有官方記錄，他們能查出「店主」是否收到買家匯款。發生糾紛時，Silk Road 官方就會扣除「店主」的保證金，並將他們停權。這個措施很大程度避免了買家賴賬或「店主」不發貨的情況。

「店主」收到匯款後，就會將違禁貨物偽裝成 DVD、玩具、電子產品等常見的貨物，並交給快遞公司。後來甚至出現了專門服務暗網客戶的匿名快遞公司，使犯罪組織的勢力藉此散佈到歐洲。

其實早在 2011 年 Silk Road 剛剛設立時，FBI 和美國緝毒局（DEA）就已經注意到了這個違法網站，並且計劃將其消滅。但是當時針對暗網犯罪的策略尚未成熟，他們根本無法普通地透過 IP 地址去抓捕進行非法交易的罪犯。Silk Road 的網主自稱「恐怖海盜羅伯茲」（Dread Pirate Roberts），靠着這個犯罪機會，在僅僅兩年內就賺了千萬美金。

直到 2013 年，FBI 才偵破了第一宗 Silk Road 違法交易。當時一位毒販在投送快遞途中被警方截獲，其後供出交易的細節。然而，這類的成功完全是滄海一粟，即使美國 DEA 出動了臥底進行釣魚執法，也只是破獲了數宗價值數百美元的交易，這個金額大概只是 Silk Road 網主一頓午飯的消費。

當局意識到必須抓到幕後主腦，才能有效削弱暗網中的犯罪勢力。但是在全國多達數億的電腦中，「恐怖海盜羅伯茲」是隱藏在暗網深海中的哪一個角落呢？幸運的是，美國國土安全部在 2013 年拿到了關鍵的線索。

這個偶然得來的線索來自加拿大海關截獲的一份包裹，裏面裝有九張不同姓名的假證件，然而這些證件都是使用同一個人的照

片。美國國土安全部之後透過郵包遞送的地址，找到一名居住在三藩市的男子 Ross Ulbricht。當時他們並不知道這個人就是 FBI 苦尋的國際罪犯「恐怖海盜羅伯茲」，只是為了找到更多證據，證明假證件是由 Ross Ulbricht 本人購買，而對此人進行更深入的調查。

結果在 DEA、FBI 和國土安全部的合作下，他們找到 Ross Ulbricht 曾經使用真名和自己的電子郵件，在網上詢問網站原始碼的編程問題。探員發現，這一段由 Ross Ulbricht 本人撰寫的原始碼，正正就是來自網站 Silk Road。後來，當局更證實 Ross Ulbricht 購買的假證件，是用來申請 Silk Road 的伺服器的。

2013 年 10 月 2 日，取得足夠證據的 FBI 在早上五點正集合了數十名探員，還有一整隊的 SWAT 戰術小隊作為後盾，來到了 Ross Ulbricht 在三藩市的家附近埋伏。他們一路跟蹤 Ross Ulbricht 到三藩市公共圖書館的二樓。他在那裏坐下，打開電腦，啟動了 Tor 瀏覽器。

潛入的人員看着 Ross Ulbricht 登入 Silk Road，瀏覽討論區，之後以管理員「恐怖海盜羅伯茲」的身分發言。但是他們不敢輕舉妄動。對於 FBI 來說比起 Ross Ulbricht 本人，更重要的是他手上的電腦。如果電腦上裝有一鍵加密或摧毀所有資料的最終保護程式，那麼 FBI 就會在表露身分的瞬間失去所有證據。探員當場擬定計劃，兵分兩路。

　　一對兩人組合的男女探員，先是繞到 Ross Ulbricht 的身後。女性探員突然大喊大鬧了起來，霎時之間成功轉移了 Ross Ulbricht 的注意。就在 Ross Ulbricht 扭過身的幾秒間，另一組探員衝了出來搶走他的電腦，其他埋伏已久的探員也一擁而上將 Ross Ulbricht 制服。

　　這個惡名昭彰的販毒頭目「恐怖海盜羅伯茲」就此落網。他被起訴販賣毒品、洗黑錢以及電腦入侵等罪名，於 2015 年被判處終身監禁，同時凍結戶口大約十五萬比特幣，時值超過三千萬美金，換算成 2017 年的價格更是嚇死人。

　　之後也有其他犯罪者模仿 Silk Road 架設 Silk Road 2.0 和 3.0，但是很快就被掌握了經驗和技術的美國政府連根拔起。如今 FBI 和國際刑警也已經找到更多方法去消滅暗網中的犯罪內容，希望各位明白在暗網中犯罪並不代表可以避過執法機關的追捕。

　　洋蔥削皮器行動以及往後的一連串工作，已經關閉了不少暗

網網站，剩下的都會採取每兩、三個月改變一次網址的策略避過追捕，這導致了知名暗網導覽網站 Hidden Wiki 提供的連結，大部分都已經失效。他們也嘗試轉用 Tor 以外的技術，試圖掩人耳目，但是因為使用其他技術的網民遠不如 Tor 的人數眾多，犯罪者的收入因此大大減少。

U.S. Immigration and Customs Enforcement

THIS HIDDEN SITE HAS BEEN SEIZED

as part of a joint law enforcement operation by
the Federal Bureau of Investigation, ICE Homeland Security Investigations,
and European law enforcement agencies acting through Europol and Eurojust

in accordance with the law of European Union member states
and a protective order obtained by the United States Attorney's Office for the Southern District of New York
in coordination with the U.S. Department of Justice's Computer Crime & Intellectual Property Section
issued pursuant to 18 U.S.C. § 983(j) by the
United States District Court for the Southern District of New York

FBI 在打擊網絡犯罪方面自然功勞甚大，不過，暗網中的犯罪分子還有一個敵人，那就是——匿名者。

以暴制暴——匿名者

匿名者（Anonymous）是一群來自網絡世界，共同追求自由、平等、公義等理念因而一同行動的網民。匿名者奉行「黑客行動主義」（hacktivism），攻擊他們認定的邪惡，用犯罪制裁犯罪。社會上有些人覺得他們是帶來自由的正義使者，有些人覺得他們是製造混亂的恐怖分子，他們的行為備受爭議。

作為一個網上團體，匿名者沒有固定的領導人，可以說是非常鬆散的。但是他們每次行動，都憑着他們的共同理念，顯露出非常厲害的行動力和號召力。雖然他們並非正式組織，不過為了方便稱呼，在下文中我也會使用「成員」、「組織」等詞語稱呼匿名者。

匿名者的由來

匿名者奉行的黑客主義在他們出現之前十年，就已經成為網絡文化的一部分。黑客主義是在1994年，由全世界最早期的黑客組織「死牛崇拜」（Cult of the Dead Cow，簡稱 cDc）的成員提

出的。cDc 這個組織成立於 1984，目前仍然活躍於網絡世界和暗網，也有消息顯示他們部分成員有直接參與匿名者的行動。

死牛崇拜所提出的黑客主義，與大眾普遍理解的黑客不同。他們大部分人都不是為了金錢或一時貪玩而去進行破壞和散播病毒，

反而是進行一些技術研究、討論和發明，為社會做貢獻。他們追求的是互聯網和資訊的自由，受到這些理想主義影響，之後就出現了維基解密、自由網，甚至是我們平常會用的一些開源軟件等等。

黑客主義為匿名者的出現墊下了基礎，甚至可以說他們是匿名者的雛形。只是因為當年加入死牛崇拜的技術門檻過高，電腦也沒有現在那麼普及，所以他們始終沒辦法做到像匿名者那樣成為網絡文化的一部分。

2003 年，美國一個模仿日本貼圖討論板 2channel（簡稱 2ch 或 2chan）的網站 4chan 誕生。4chan 開業沒多久，就成為了歐美最受歡迎的討論區之一。這個網站可以說是遊走於表網與暗網之間，經常有網民在那裏張貼一些處於犯罪邊緣的內容。同時，它也深深地影響了流行文化，所以就算你沒親身上過這個網站，也會在其他網站看到從 4chan 傳出的故事和迷因（meme）。

其中很多網絡爆紅現象都是來自 4chan 的 /b/ 板。在 /b/ 板中是沒有任何規則的，網民可以很隨意地張貼任何圖片和文字，而最重要的是他們每一個人都有一個共同的網名——「匿名者」。普通的網民是沒有辦法分辨出每一位匿名者之間的不同。久而久之，4chan 上出現了一個笑話，就是說 4chan 上所有的留言都是由一個名叫匿名者的人所寫出的。

當我們每個人都是同一個人的時候會是怎樣的呢？ 4chan 是一個充滿想像力的地方，他們開始創造那位匿名者的外貌。他們創造出來的匿名者形象，是一個穿着一身黑色西裝，皮膚呈現綠色以及沒有五官的男人（下方左圖）。這個角色是現今匿名者的原形，靈感來源是超現實主義畫家雷內·馬格利特於 1964 年的畫作《人子》（下方右圖）。

　　在 2006 年，4chan 網民將他們的注意力轉移到一個叫 Habbo Hotel 的網絡遊戲上，這個網絡遊戲建構了一個以交友為主的虛擬世界。某天，有人在 4chan 上提議用匿名者的形象登入這個遊戲，貪玩的 4chan 網民又怎會放過這次惡搞的機會呢？他們不斷創造頂着黑色爆炸頭的匿名者形象的角色，用以堵塞遊戲的各種設施。

POOL'S CLOSED

　　這些黑衣人會集體站在游泳池的出入口，令其他玩家無法進入。當遊戲的管理員正忙於封禁這群搗亂的 4chan 網民時，這次的行動規模變得愈來愈大。不只其他匿名討論板上的網民，甚至連原本身受其害的普通玩家，都一起加入了他們。到最後因為他們人數太多，遊戲的伺服器不堪負荷倒下。遊戲的管理員將伺服器重開後，永久禁止玩家創造黑色西裝加黑色爆炸頭的角色，這次事件才算告一段落。而這次行動可以說是匿名者形成早期的第一次行動，之後的幾年偶爾會有網民發起遊行，穿着黑色西裝和戴着黑色爆炸頭的假髮走去 Habbo 營運商的總部。而你也可能在各種 cosplay 的場地裏看到他們的身影。

　　這群匿名者做了那麼多事到底是為了什麼？用一個詞語來概括：惡搞。對於 4chan 的網民來說，他們只是覺得有趣才去使用匿

名者這個稱號來惡作劇，他們並沒有做出違法的行為，也沒有被當成是黑客。而匿名者第一次和黑客主義聯繫起來，要去到 2008 年。

那一年網民第一次以匿名者的名義發起一連串的行動，反對一個新興宗教——山達基教會。

匿名者大戰山達基

山達基（Scientology，又稱為科學教）是一個創於 1952 年的宗教。雖然它在美國是個合法的宗教，但因為他們涉嫌提供各種服務去收取費用、對教徒進行嚴密的控制，和對批評者進行跟蹤和滋擾等方法來封殺他們，所以在一些地方例如法國，山達基教會已經被定為官方的邪教組織，永久禁止山達基的所有活動。

即使如此，他們依然有很多狂熱的支持者，其中一個著名的信徒就是美國演員湯告魯斯（Tom Cruise）。在 2008 年 1 月，山達基教會為湯告魯斯做了一個訪問。原本這個訪問只是用來宣傳教會，但訪問的完整影片流出後被上載到 Youtube，引來很多網民留言對山達基口誅筆伐。網民將這個影片轉載到各大討論區和社交網站，不斷批評和惡搞山達基教會，令到山達基的律師團隊不得不發信到 Youtube 等網站，要求他們刪除相關的影片。

由於在這件事發生之前，山達基也曾經多次跟網民發生零星衝突，這些新仇舊恨使以 4chan 為主的網民非常不滿，於是他們決定以匿名者的名義對山達基教會發起一場戰爭。匿名者在 Youtube 上載了一段影片，同時向傳媒發佈他們正式向山達基教會宣戰的消息。而匿名者的金句也在那段影片裏第一次出現：「我們是匿名者。我們是軍團。我們不會原諒。我們不會遺忘。期待我們。」

（We are Anonymous. We are Legion. We do not forgive. We do not forget. Expect us.）

他們建立了一個叫 Project Chanology 的網站，羅列出一系列對山達基進行游擊戰的方式，其中一些例子包括派發傳單、對山達基進行電話和傳真騷擾，或者是叫外賣薄餅送到他們的據點。那時的匿名者還是處於萌芽階段，在網上世界以外並不是太多人認識他們，這一系列的行動引起了傳媒和普通市民對他們的注意。大家都對這兩個奇怪的組織之間發生的戰爭感到很大興趣，人人都想「吃着花生」等着看匿名者到底會祭出什麼手段來對付山達基。

2008 年的 1 月 18 日，匿名者開始對山達基的網站進行 DDoS 攻擊。DDoS 全稱為分散式阻斷服務攻擊（distributed denial-of-service attack），指的是運用大量網絡流量使目標的系統或網絡資源耗盡。這個攻擊非常有效，匿名者即時成功癱瘓了山達基在世界各地和美國本土的網站。他們的攻擊並沒有因為小勝而停止下來，

他們同時計劃發起針對山達基教會的遊行。於是在 1 月 28 日，匿名者又上傳了一段新的影片，在影片裏面他們呼籲網民一起前往山達基教會在佛羅里達州的據點遊行。

雖然第一次遊行只有大約一百五十人參與，但他們的行動馬上被傳媒廣泛轉播，愈來愈多人認識了匿名者，隨即加入了他們的行列。到了 2 月 10 日，在全球至少一百多個城市有超過一萬五千人參與示威，而在巔峰時期，單單在佛羅里達州就同時有超過二千人聚集在山達基教會的附近。持續的示威遊行令匿名者知名度大增，也直接使匿名者演變到現在這個規模。雖然山達基曾經設法阻止他們，例如讓律師進行訴訟或僱用休班警員作為保安，但還是沒法阻止這群來勢洶洶的匿名者。而匿名者的宣傳戰，也使山達基教會在更多美國人的心裏留下了負面的印象。到了最後山達基也沒有成功刪除湯告魯斯的訪問片段，影片目前還是可以在 Youtube 上觀看的。

這次事件令山達基教會和網民將互聯網上的衝突帶到現實世界，在美國各地有很多對山達基不滿已久的民眾都紛紛加入這次行動。以匿名者名義行動的網民開始設計屬於匿名者的頭像和標誌，甚至統一服飾，在遊行的時候使用 V 煞面具。而經過這次行動之後，匿名者慢慢成為一個實際的團體，進入了大眾的視野。

　　匿名者從此一直活躍於世界各地，愈來愈多網民嘗試加入他們，或以匿名者的身分活動。這群新加入的人甚至有一部分是連基本的網絡安全知識都沒有的。即使如此，匿名者依然持續影響網絡世界，他們為新加入的成員設計了特殊的攻擊武器，將新技術陸續投入更多國際政治事件，例如支持阿拉伯之春的突尼西行動，或是報復 3K 黨的 KKK 行動等等。

匿名者的低軌道離子炮

　　低軌道離子炮（Low Orbit Ion Cannon，簡稱 LOIC）是匿名者武器庫中的一大利器。匿名者在對山達基教會攻擊期間，就曾經使用它癱瘓山達基的網站。

　　低軌道離子炮使用的技術原本並非為黑客而設，它其實只是一個測試伺服器負荷力的工具，能持續對一個網站發送封包，從而計算出這個網站最高可以負擔多少人同時進入。4chan 的匿名者們取得了這個工具，將它改造成只要輸入目標網站的 IP 地址，就能持續對目標發送無意義的 UDP 和 TCP 封包，加重該網站負荷的電子武器。只要有一定數量網民同時開啟離子炮，就能輕易將一個網站送上西天。這個武器在匿名者往後的眾多行動中都有使用，匿名者的骨幹黑客會先查出目標網站的伺服器的 IP 地址，然後將地址羅列在行動指南上 (如 Project Chanology 的網站)，其他匿名者就會按照這些 IP 地址發動攻擊。

軌道炮對於 4chan 的網民來說是一個決定性的發明。因為不是每一位網民都懂得 DDoS 攻擊的技術，有了武器的話，就算缺乏電腦知識也能參與匿名者的行動。不過，軌道炮也有許多缺點。首先，它缺乏黑客所說的 C2（Command and Control），也就是說，因為武器的使用者都是獨立個體，他們不像殭屍網絡般可以受到一個黑客的精準控制，可能會造成攻擊力分散，或是誤傷無辜的網站。另外，軌道炮並不會隱藏攻擊者的身分。而且正因為它的技術門檻很低，使用它的人不乏完全沒有電腦知識的小孩子。這些人只是盲目地追隨匿名者，他們不清楚自己的所作所為已經觸犯當地法律，也不曉得保護自己。部分人很快被聯邦警察追蹤到，最終作為黑客的替死鬼被捕。

匿名者大戰 3K 黨

不知道大家有沒有聽過 3K 黨這個秘密組織呢？他們是一個已

經有超過一百五十年歷史、奉行白人優越論的種族主義團體。在巔峰的時期，他們擁有超過六百萬會員，仗着強大的勢力經常迫害以黑人為主的其他民族，甚至動用私刑將敵人公然處死。在上個世紀六十年代，3K 黨進行了多次恐怖襲擊，FBI 於是派出臥底對 3K 黨進行滲透並嘗試摧毀他們，警方的連串行動加上民權運動的抬頭，成功迫使 3K 黨轉變為地下的秘密組織。但我猜你不會想到 3K 黨至今依然活躍，而且跟匿名者爆發過一場戰爭。

事件的起源發生在 2015 年的 8 月，在一個名為佛格森的城市，有一個黑人團體發起了一場和平示威，匿名者也有成員參與這次的示威遊行。當晚，有一批不明人士襲擊了這群示威者，導致這次示威幾乎演變成暴力衝突。之後，3K 黨在社交網站張貼了一張告示，聲稱是基於自衛，而且將會對這群示威者使用致死的武力。匿名者對此的反應非常迅速，即時發表聲明批評 3K 黨以暴力威脅和平示威的行為，同時動員大量的成員對 3K 黨進行反擊。

這次反擊的代號被定為 KKK 行動（Operation KKK），匿名者在一個星期之內在不同層面上對 3K 黨進行打擊。一批成員先是以 DDoS，攻擊部分 3K 黨成員的電腦和他們的網站，讓 3K 黨的內部運作陷於半癱瘓的狀態，同時另有一批匿名者的成員透過社交網站和通訊軟件，成功滲透到 3K 黨的內部干擾他們的計劃。之後他們還跟黑客合作，用 DNS 騎劫的方式，入侵了部分 3K 黨骨幹成員的電腦。如此，他們光明正大地、不擇手段地取得了 3K 黨內部的

重要資料，刪除了 3K 黨大量的檔案，也關閉了眾多宣傳網站。

　　在 2015 年 10 月 28 日，匿名者召開了記者會，公佈了超過一千名 3K 黨成員的資料，不僅是姓名、Facebook、相片，有些成員甚至連電話地址都被挖了出來；他們同時強調，在網絡世界裏 3K 黨成員已經沒有私隱可言。之後的幾個月陸續有其他 3K 黨成員的資料曝光，這些資料被轉交給當地的警方跟進，連國家安全局也有對其中部分人進行監視。

　　匿名者的這次行動可以說對 3K 黨的活動，造成了沉重的打擊，迫使他們變得更為低調。

匿名者的常用手段——DNS 騎劫

　　DNS 全名 Domain Name System，它的功用是將一個域名連接到一個 IP 地址，有了這個，系統網際網路才能正常工作。簡單來說，域名就像是電話簿中的人名，IP 地址就是電話號碼，你按下指定的人名，就會撥打指定的電話，接通到那個人。

　　DNS 騎劫是黑客常用的技倆，他們靠着修改 DNS 快取區中的 DNS 資料，替換一個域名連接的 IP 地址。在上述的 3K 黨事件中，匿名者騎劫 DNS 的方法非常簡單：在一般情況下，路由器都會有

自己的 DNS 設定，駭客們會設法修改被害者設置不良或存在漏洞的路由器，當用家連結某個域名時，DNS 伺服器就會收到錯誤的資料，然後連接到另一個不正確的 IP 地址。

再一次用電話做比喻，電話簿中小明的電話號碼是 XXX-XXX，駭客修改這個資料，你一打給小明，就會自動撥到 OOO-OOO。如此，用家就會在不知情的狀況下，被引導至一個駭客預先設置的網站。通常這個錯誤的 IP 地址是一個完全仿照正確的 IP 地址製作出的網站，目的就是騙取目標的資料。假設這個網站是需要登入的，駭客就可以透過這個假網站，獲得目標的帳號和密碼。匿名者就是用這個方法取得了 3K 黨骨幹成員登入資料庫的密碼，從而獲得成員的機密資料。

協助維基解密

2010 年 10 月起，維基解密洩露了大量的美國外交電報，大多數電報涵蓋了美國和中東國家的外交機密情報。美國政府大為緊張，下令 PayPal、Visa 等支付公司中斷與維基解密的合作，凍結了維基解密支持者的捐款，以求切斷其資金鏈。匿名者於是展開了「阿桑奇復仇行動」（Operation Avenge Assange），使用「低軌道離子炮」對 PayPal 的網站發動攻擊，他們很快就攻陷了 PayPal 和一間瑞士銀行的網站。

匿名者中有兩名黑客，違法騎劫了大量無辜平民的電腦，製造出龐大的殭屍網絡，對 PayPal 的網站發動 DDoS 攻擊。據稱，光他們兩人的攻擊流量就達到了匿名者全部攻擊的九成。雖然這一次行動對 PayPal 造成了超過五百萬美金的損失，但是也令匿名者和公眾發現，對於 PayPal 等大型公司，DDoS 攻擊並不足以造成永久傷害。

美國 FBI 對匿名者的違法行為非常重視，他們很快就拘捕了十四名有分參與攻擊的網民。雖然有傳這些人只是被殭屍網路牽連，幕後主腦仍然逍遙法外，但這些代罪羔羊仍被美國政府起訴。不過，匿名者和 FBI 並非絕對的敵人，下面我就會講述匿名者如何提供罪犯的資料給 FBI。

暗網摧毀硬糖行動

相信大家都清楚，暗網上充斥着許多犯罪的內容，有些網站更明目張膽地違法販賣一些違禁的色情內容，尤其是兒童色情物品。這類兒童色情物品被稱為「硬糖」（hard candy）。這個不良風氣引起了嫉惡如仇的匿名者不滿，令他們發動了多次針對「硬糖」的攻擊。

匿名者在攻擊前半年已經擬定好計劃，並且在攻擊前三個月已

經做好了兩手準備。其一，他們查出了超過一百個「硬糖」網站，並發現這些網站有超過半數都是由暗網中一間龍頭網頁空間公司 Freedom Hosting 提供服務，這是他們想要打擊的主要目標。其二，匿名者深知因為 Tor 瀏覽器的匿名性，他們從暗網中得到的資料和 IP 地址，很難聯繫到個人身分。也就是說用一般的方法是無法找出眾多犯罪者的真身，只要一日尚未揪出隱藏在「硬糖」背後的犯罪者，單純將「硬糖」網站刪除，犯罪者也會很快東山再起。對此，匿名者另有對策，他們決定派出精通社會工程學的黑客進行滲透。

社會工程學，指的是通過與他人合法地交流，令其心理受到影響，不慎洩露個人資料或是秘密資訊。奉行社會工程學的黑客流派認為，人心的漏洞比程式的漏洞更容易攻擊。因此，他們不但具備基本的網絡安全和編程技術，還擅長欺詐他人；他們有時會扮演成目標的熟人，甚至是男扮女角在網絡上進行色誘，從而騙取密碼和金錢。

根據匿名者所述，建立「硬糖」網站的犯罪者都是好色之徒，匿名者很容易就能引誘到犯罪者進入「蜜罐」。匿名者通常會先扮成對色情相片有興趣的顧客，或是可以提供相片的「商人」，先從「硬糖」討論區的一般用戶下手，再一步一步滲透，找出值得攻擊的幹部級目標。匿名者常用的一個手段是派遣一些女性或是男扮女角的成員，向目標表示他們能協助進行一些只有女性才能做到的任務。因為色情網站的女性用戶很少，犯罪者多數都會中計。取得他

們的社交網站資料，如 Facebook、Twitter 帳戶後，匿名者就可以透過人肉搜尋和親身跟蹤等方法，找到目標的姓名、住址、社會安全號碼（SSN）、電郵、電話、社交網站等重要個人資料。

匿名者的成員非常團結，沒有團隊的一致決定，他們是不會貿然攻擊的，以免打草驚蛇。因此匿名者只會在確認已經掌握到足夠資料之後，才擬定正式的攻擊計劃。

第一次攻擊日期定在 2011 年 10 月 11 日，代號為暗網行動（Operation Darknet）。當天，他們很快就侵入了 Freedom Hosting 的伺服器，拿下了接近五十個「硬糖」網站，並且盜取了接近一千五百名使用者的用戶名稱和電郵。雖然一般相信在暗網中找到的電郵地址都是假的，但是還是有許多暗網新手用了自己常用的名稱和電郵去註冊「硬糖」網站，匿名者對於這個意外收穫也感到非常驚訝。

在總攻擊當天，他們使用 SQL 資料隱碼攻擊，很輕易便駭進了該公司的資料庫。這個攻擊方式指的是在輸入一些正常的字串時，例如是回覆討論區的文章，或是註冊用戶名稱時，夾雜資料庫專用的指令，這些指令就會被伺服器誤認為是管理員發出的指令，而將其執行，黑客從而達到破壞、入侵的目的。他們順利將裏面的內容改寫，並且取得用戶資料。

匿名者將用戶資料連同幹部資料，一併交給美國 FBI 和國際刑警，由執法機關進行下一步打擊，令到暗網中的兒童色情網站數量在一段時間內大大減少。根據愛德華·斯諾登洩露的 FBI 情報文件顯示，FBI 在得到匿名者提供的資料之後，在 2013 年接手調查。FBI 竟然沒有第一時間用法律制裁這些犯罪者，而是派出黑客攻擊為「硬糖」網站提供網存服務的 Freedom Hosting 的漏洞。

　　FBI 使用 Tor 瀏覽器的漏洞，對 Freedom Hosting 發動了 JavaScript 攻擊，這次攻擊令到 Freedom Hosting 的網主 Eric Eoin Marques 暴露了身分，最終他在 2014 年於愛爾蘭落網，隨即被落案起訴管有及散佈兒童色情相片。

　　Freedom Hosting 倒閉後，暗網中的犯罪網站又有了新的靠山，它的後繼者 Freedom Hosting II 很快便冒起。直到 2017 年為止，它為暗網中超過 20% 的網站提供網存服務。加上其他網存公司的貢獻，暗網中的犯罪網站已經突破了一萬個，其中也有不少被人唾棄的「硬糖」網站。於是，匿名者在 2016 年的 4 月 1 日發起「暗網再開行動」。在這次行動中，匿名者又消滅了超過一千個犯罪網站，摧毀 75GB 的色情圖片和違法檔案，並且取得了 2.6GB 的犯罪網站會員資料，他們把這些人的資料放在網上供人查閱。相信匿名者和警方的聯手，足以制止暗網犯罪於萌芽階段。

匿名者大戰恐怖組織 ISIS

　　ISIS（Islamic State of Iraq and al-Sham，伊斯蘭國）是奉行極端保守的伊斯蘭原教旨主義的恐怖組織，各位或許不知道，ISIS在網絡上非常活躍，他們擅長使用討論區和社交媒體操縱輿論，並且會用 Twitter 和 Telegram 作為他們招募新成員和聯絡的工具。所以，ISIS 吸引了不少國外支持者自願成為他們的爪牙，化身為「孤狼恐怖分子」（lone-wolf terrorist）。這在反恐戰爭中是前所未有的情況，令美國軍方和 CIA、NSA 等情報機構頭痛不已，因為他們並沒有這麼多人力打網絡輿論戰。

　　在網絡上與 ISIS 為敵的責任順理成章落在匿名者的身上。其實他們本身並沒有想到要全面開戰，直到 2015 年 1 月 7 日。那天，兩名 ISIS 的成員襲擊了諷刺雜誌《查理週刊》的巴黎總部，造成十二死十一傷，據稱死傷者中包括 4chan 的網民。匿名者對恐怖襲

擊的反應非常迅速，隨即在 1 月 10 日對 ISIS 發出宣戰佈告：「殺害無辜的人這種行為我們絕不會原諒！」他們宣稱要為恐襲事件的死傷者復仇。

匿名者組成了名叫 GhostSec 的網絡「私刑隊」。網絡攻防戰是他們的長項，以暴易暴是他們的宗旨。自那天開始，以 GhostSec 為首的匿名者們就不斷對 ISIS 的社交網站帳號以及招募網站發動襲擊。他們使用人力及程式破解 ISIS 成員的帳號密碼，也動用之前提到的社會工程學，欺騙 ISIS 成員交出自己的情報。截至 2015 年 11 月，匿名者宣稱已經消滅了超過三千八百個 ISIS 成員的帳號和大量宣傳恐怖主義的網站。

這個作戰可以說是殺了 ISIS 一個措手不及。匿名者做到了一直以來美國政府沒有人力做到的、從互聯網上堵截 ISIS 的行動。ISIS 透過互聯網招募新成員的計劃受到非常大的阻力，他們只好投入更多資源在傳統的招募方式，並且轉進沒有暗網的地下世界，因此匿名者的攻擊某程度上拖慢了 ISIS 擴張勢力的速度。

他們不單止針對 ISIS 的社交媒體，還攻擊了他們的銀行帳戶。這些銀行主要位於土耳其，匿名者懷疑 ISIS 使用這些銀行周轉資金和洗黑錢，於是入侵了銀行的網站，令他們的運作癱瘓。根據匿名者發佈的新聞稿，他們成功暫時凍結了匿名者的資金來源，更順帶攻擊了超過四萬個土耳其網站。

在這次行動中大放異彩的 GhostSec 更成立了一間實體的網絡安全公司，繼續與其他匿名者一起對抗 ISIS。

　　匿名者的宗旨雖然是對抗不公義和犯罪，但是他們的許多行為都屬於電腦罪案。正因為如此，社會對他們的評價褒貶不一。他們的所作所為對於他們自己來講，雖然可能不符合法律，可能造成了很多破壞，但是絕對沒有違背他們自己的道德標準。我沒有權力去斷定他們的行為是對還是錯，但是在最後我還是要呼籲大家，千萬不要嘗試加入他們，也不可以做任何犯法的事情，因為一旦你越過了那條線，就可能永遠無法回頭。

CICADA 3301

　　除了匿名者之外，暗網中還有另一個組織，身分比匿名者還要神秘。他們的大名為 CICADA 3301。CICADA 3301 從 2012 年現身起，每年都會編寫一系列非常複雜的謎題，用於招募世界上最頂尖聰明的答題者。但是由始至終都沒有人知道他們是誰，或者目的是什麼，通過了測試的人也好像消失了一樣，從來沒有人肯透露這個組織的詳情。

　　CICADA 3301 的傳說開始於 2012 年的一月，他們在 4chan 上發佈了一張圖像，上面寫着：「我們正在尋找一些非常聰明的人，

為了找到這些人我們設計了一個測試，這個圖像裏有一個隱藏信息，去找它吧，這個信息會引導你找到我們，我們很期待能見到幾個順利解謎的人。」

　　正如其他 4chan 的帖子一樣，大部分網民一開始並沒有認真看待這張圖片，畢竟 4chan 是以惡搞而聞名，大家都覺得這也不過是誰的惡作劇罷了。但是正因為這個惡搞精神，閒閒無事的 4chan 網民才會嘗試從這一張看起來平平無奇的圖片中找出「隱藏信息」。

　　出乎意料地，圖像中的「隱藏信息」從一開始就難住了 4chan 的網民。他們用 Photoshop 等程式開啟圖片，調校光暗和對比度，有人在圖片上加上不同的濾鏡，連圖片背景的噪音都檢查過了，始終沒有找到有任何可疑之處。之後，他們又將圖片轉成 rar、doc

等其他副檔名開啟，但是反覆搞了半天還是沒有結論。到頭來，網民一致認為說不定這只是一張普通的圖片，製作它的人只是想浪費大家的時間。

就在這個時候，有人誤打誤撞用了一個文字編輯軟體開啟圖片，發現在圖片轉成文字的亂碼的最後一行，寫着這樣的一串字：
CLAVDIVS CAESAR says "lxxt>33m2mqkyv2gsq3q=w]O2ntk"

4chan 的網民看到 lxxt>33 的排列，立即聯想到 http:// 這個經常見的網址前綴，從而認定字串開頭的 CLAVDIVS CAESAR 指的是這裏使用了凱撒（Caesar）加密法。這是一種最廣為人知的加密技術，在此加密法中，明文中的所有字母都在字母表上向後或向前偏移一個固定數目，如此明文便會被替換成密文。以 http:// 變成了 lxxt>33 的情況做例子，h 向後移了四個字母變成了 l，同樣道理，t 變成了 x。最後，那一連串看似毫無意義的字串經過解密之後，竟然變成一條網址：http://i.imgur.com/m9sYK.jpg

在這之後，網民才開始認真對待這些謎題。他們發現謎題的結構非常複雜和精緻，而解謎的人需要懂得很多相關知識，其中包括密碼學、瑪雅文明、文學、神秘學、宗教學、甚至是音樂和藝術，因此要設計這些謎題肯定是需要大量人力的。

舉例來說，在之後的解密中，網民需要前往一個標題為

a2e7j6ic78h0j 的 reddit 討論區，在討論區的主頁上有一張畫滿奇怪符號的圖片。

這張圖片為線索之一。原來，上面寫的是瑪雅古文明使用的數字，分別代表 10、2、14、7、19、6、18、12、7、8、17、0、19。也就是說網民必須具備這個知識才能解開這組必須用到的密碼。

經過一連串的解密，謎題的製作者更引導 4chan 的網民在一篇寫於中世紀的歷史傳說散文《馬比諾吉昂》（*Mabinogion*）中找出這串文字：call us at tele numBer two one four three nine oh nine six o（打這個電話給我們 214390960）

直到網民得到了這個電話號碼，他們終於知道 CICADA 3301 不是一個隨便的惡作劇，因為它的活動範圍已經超越了互聯網，來到了現實。

網民始料未及的是，在解決更多的謎題之後，他們會得到一組座標，這些座標對應了全球各地的十數個城市，包括首爾、巴黎、邁亞密、華沙、西雅圖，以及夏威夷的哈雷瓦等等，代表 CICADA 3301 的成員一定不是少數，並且在超過十個城市都有他們的勢力。

這也說明了參與解答謎題的網民，一定無法獨自完成這個測試，他們必須和其他參加者合作。

成功通過超過二十個關卡的網民將會迎來最後一個謎題，CICADA 3301 會發一封具有特殊意義的電郵給這些人，在信中記述了只有他們才有資格觸及的 CICADA 3301 背後的秘密。

CICADA 3301 隱藏的秘密

CICADA 3301 背後隱藏的秘密是我們最感興趣的話題。網民對這個神秘組織有很多猜想，令 CICADA 3301 變成了來自網絡的熱門都市傳說之一。接下來我會破解對這組織的真實身分的各種推測，從而揭露 CICADA 3301 背後的真相：

情報機構

一直以來，像是美國中央情報局、軍情六處等國家情報機構都有透過網絡招聘具備才能的情報分析師、網絡安全人員和密碼學家。其中最著名的謎題來自「英國政府通訊總部」，他們每年都會舉辦一次「GCHQ 謎題挑戰」，當中的謎題難度比 CICADA 3301 有過之而無不及，需要更深入的密碼學知識和邏輯思維處理，絕不是網民一起努力就能解開的程度。不過，GCHQ 的謎題的長度比 CICADA 3301 的要短許多，顯然是設計給一個人獨自在短時間內

完成。而且一般來說,情報機構運用類似謎題招聘員工時,一定會說明他們屬於哪個機構以及招聘的目的,否則很可能招攬來一些只愛好解密,可是對情報工作完全沒有興趣的網民。因此,CICADA 3301 屬於情報機構的可能性不大。

匿名者

相信有從頭開始閱讀這本書的讀者,對匿名者一定不會陌生。網民認為 CICADA 3301 和匿名者有關,是因為很明顯兩者都有共同的理念——他們極力反對暴政,捍衛資訊自由和個人私隱。

我認為,如果說 CICADA 3301 中有成員曾參與匿名者的行動,或兩者的目標有重疊,這是絕對有可能的。但是傳聞中 CICADA 3301 的真身就是匿名者的其中一個計劃或是分支組織,卻是不正確的。因為匿名者根本不是一個組織,他們只是一群擁有共同理念而互不認識的人一同行動的產物。而且,匿名者一旦行動,就會在各大網站上發佈消息,他們的行動基本上任何人都可以參與。如果匿名者中有人以獨立名義成立組織,那就更不應該與匿名者拉上關係。

網絡保安公司

因為 CICADA 3301 正在招聘大量的密碼學家和程式員,所以有人推斷他們是否網絡保安公司,需要招募人員協助研究新一代加密法。這些保安公司會為大公司的網站和銀行等商業機構服務,用

特製的資料加密方式，保證他們免於攻擊或漏洞而導致內部機密外泄。

　　但是這個假設是不正確的，因為網絡保安公司可以從正常途徑高薪聘用大量的專業人員，其工作人員已經接近飽和，無需透過網絡招募新血。相反，這些有經驗的網絡保安人員反而是 CICADA 3301 的招募目標，有許多已知的 CICADA 3301 成員就是從這些網公司招聘而來。

新興宗教

　　暗網中存在着許多的新興宗教甚至是邪教，例如撒旦教的某些分支就經常使用暗網來進行聯絡和宣傳。那麼，CICADA 3301 是不是這些宗教的一員呢？

　　答案是否定的，因為無論是像山達基教會這種理性派的教會，抑或是撒旦教般的狂熱分子，他們都會無所不用其極地宣傳自己，希望教會的理念可以推廣出去。CICADA 3301 與這些教會的作風完全迥異，他們異常低調，只會將自己的理念宣傳給成功破解謎題的少數人。如果他們只是單純的宗教，這樣的做法只會壓抑他們的存在。

　　另外，作為一個信仰存在的組織，必須具備對神靈的認知和生死觀念，但在 CICADA 3301 給出的訊息和流出的資料中，我們找不到他們具備這些觀念的證據。

恐怖組織

CICADA 3301 給出的謎題中引用的文獻和流出的資料，都令人聯想到這是一個追求自由和反暴政的組織，所以認為他們是極端組織、甚至是恐怖組織的傳聞不脛而走。對此，CICADA 3301 已經作出官方回應，聲稱他們絕不會參與任何的犯罪行為。事實上，目前非但沒有證據顯示他們曾經做出類似的行為，反而更顯出他們行事謹慎，奉公守法，最極端也只是遊走於法律的灰色地帶。種種跡象都表明，CICADA 3301 內部有熟悉美國法律的專業人士。因此，他們絕對不是恐怖組織，也不會危害社會安全。況且，世界各地的恐怖組織，根本沒有一個是作風如此低調。

CICADA 3301 的真實身分

到底 CICADA 3301 是一個什麼樣的組織呢？以下這封寄給通過測試的準成員的電郵中，可能透露了一點真相。這是到目前為止，極少數由 CICADA 3301 官方流出的信息，也是謎題的最後一步，以下是這封電郵的譯文：

不要散佈這段信息！

恭喜你，長時間的測試已經來到了尾聲，在成千上萬的嘗試者中你成為了少數成功的人。

這裏還剩下最後一步。雖然不再有任何隱藏密碼、或是秘密訊息、或是實質的寶藏去尋找，但是這最後一步需要你的坦誠。我們一直對你很坦誠，而且我們需要繼續對你坦誠，並且相對地期望你對我們也同樣坦誠。

你們一直在懷疑我們到底是誰。現在我們要告訴你我們是一個國際團體。我們沒有名字，我們沒有標誌，我們沒有成員名單，我們沒有公開的網站，我們也沒有宣傳過自己。我們是一群像你一樣，同樣通過這個招募測試證明了自己的人，我們聚集在一起是因為我們有共同的理念。仔細地閱讀在測試中使用過的文章，你能窺探到一點我們的理念，那就是必須終止任何形式的暴政和壓迫，反對審查制度，以及認同私隱權是人們不可剝奪的權利。

我們不是黑客組織，也不是盜版組織，我們不會參與任何非法活動，同樣地我們的成員也不會參與任何非法活動。如果你正在參與非法活動，我們要求你停止所有非法活動，或者拒絕加入我們。這一次我們不會詢問你拒絕的原因，但是如果你欺騙我們，我們會找到你。

無疑，你應該很好奇我們正在做着什麼樣的工作。我們更像是一個智囊團，而我們的主要目標，是研究和發展技術，去協助宣揚我們的思想、自由、私隱和安全。你肯定也聽過我們之前的一些計劃，如果你決定加入我們，我們非常高興你能參與將來的計劃。

請你回覆這封電郵，並且回答以下數條問題：

* 你相信每一個人都擁有私隱權和匿名權，並且有權使用工具去取得和保持私隱權嗎？如：現金加密、匿名軟件等。

* 你相信資訊應該是自由的嗎？

* 你相信審查制度傷害人性嗎？

我們期待你的答覆。

3301

　　從這篇電郵之中，我們可以看出 CICADA 3301 很可能是一個不屬於任何公司或機構的地下組織。根據電郵所述，測試中使用過的文章反映了他們的理念。我整理過這些文章，裏面包括中世紀神話、威廉·吉布森（William Gibson）的散文、十八世紀英國詩人威廉·布萊克（William Blake）的詩詞、神秘學家阿萊斯特·克勞利（Aleister Crowley）所作的《律法之書》（*The Book of the Law*）等等。它們都有一個共通點，就是提倡反體制和改變社會現狀。再加上電郵中的資料，我們可以斷定他們是一群排拒主流觀念、支持私隱權和資訊自由、目標是建立全新社會體制的地下工作者。

CICADA 3301 是由什麼人創立？

顯然，CICADA 3301 並非在 2012 年成立。雖然此組織在 2012 年第一次在網上用謎題的方式招募成員，之後連續好幾年都有發佈招募訊息，可是其實這不是他們最常用的招募方式，只是因為近年需要大量有密碼學和編寫程式經驗的人員才會使用這個方法。

在此之前，CICADA 3301 的主要成員為工程師和黑客，他們雖然有編寫程式的能力和密碼學的知識，可足未必是他們的專業。隨着網絡安全日益重要以及暗網的發展，組織於是開始招募新成員進行跟網絡安全有關的研究。

根據前成員所述，CICADA 3301 早 在 2000 年前就已經成立。我調查發現，這個組織的前身可能 來 自 於 1992 年 前 後，  加州大學柏克萊分校中使用的「Cypherpunk 學術電郵群組」。Cypherpunk 現在泛指所有使用加密技術進行交流的網民，但是在本文中指的是在互聯網發展早期，運用早期加密技術收發電郵來達到匿名通訊的一種方法。這種群組和我們現今的 Whatsapp 或 Telegram 群組有點相似，只是他們以電郵作為溝通的媒介。

因為 Cypherpunk 的匿名性，它在暗網所用的 Tor 瀏覽器出現之前，一直都是學者討論加密、互聯網自由和科研技術等學術議題的主要工具。和暗網一樣，它之後也不幸淪為犯罪分子進行匿名聯絡的工具。

Cypherpunk 這個技術是由 Eric Hughes 和 John Gilmore 等人所創，前者是一名數學家，著有密碼學的教科書；後者則是一名非常活躍的社會運動人士，他致力反對網絡審查和推動網絡匿名化。

他們與 CICADA 3301 有關的第一個線索是，他們所使用的電郵域名就包含 CICADA 一字。兩人的理念也和 CICADA 3301 提倡的非常相似，因此可以推斷 Eric Hughes 和 John Gilmore 兩人可能是組織的早期成員之一。有 CICADA 3301 的前成員透露，另一位曾參與 Cypherpunk 計劃的學者 Timothy C. May 亦有可能是 CICADA 3301 的創始者之一，可見 Cypherpunk 和 CICADA 3301 的確關係匪淺。這個人後來成為了電腦晶片製造商 Intel 的核心工程師。

值得留意的是，美國軍方研發的 Tor Project 也有使用到 Cypherpunk 的核心技術，所以 CICADA 3301 和暗網的誕生是有非常深厚的淵源，甚至說 CICADA 3301 的部分創始者就是暗網之父也絕不誇張。

CICADA 3301 的任務

　　參與過 CICADA 3301 任務的網民在暗網透露，他們是通過暗網接受任務的，每一位成員都會獲得一個暗網網址、帳號和密碼，他們會定時登入這個網址接受分配的任務。這個暗網還附有一個討論區，在需要成員合作完成任務的情況下，討論區就會開放一段時間。組織也會提供一個匿名聯絡軟件。

　　他們一開始會被要求製作一些非常簡單的訊息加密、驗證的應用程式。這些應用程式是在 PGP（Pretty Good Privacy，中譯良好私隱密碼法）的基礎上製作的。PGP 是一種加密方法，經常在商業社會或是銀行的資料中使用。組織叫新進成員製作這些程式，主要是為了考驗他們的編程水平，符合要求的成員才能進一步接受更困難的工作。

　　普遍相信 CICADA 3301 曾經協助維基解密取得一些敏感的機密資料。他們曾經在 2010 年前後參與揭發阿富汗戰爭中美軍殺害平民的事件。因為 CICADA 3301 的宗旨之一是絕不參與非法行為，所以他們只是在旁協助和保護線人，並沒有真正取得第一手資料。

　　上文提到的保護線人，指的並不是派保鑣保護線人的人身安全，而是 CICADA 3301 運用他們特製的加密程式、匿名通訊程式和消除數位足跡的套件，協助線人獲取情報後可以無後顧之憂地將

情報交給維基解密。他們還研發系統來追蹤相關人員的活動資料，一旦相關人員長時間沒有聯絡，或者真的出現生命危險，系統就會自動將預先準備好的、對美國政府有威脅的敏感資料發佈出去，從而要脅當局不要輕易對他們的人員出手。

如果說匿名者的所作所為屬於混亂正義，那麼 CICADA 3301 就絕對是守序正義，他們為了社會的進步和社會的福祉，不計回報地默默耕耘，完全不會涉及任何非法行為，無論從什麼角度看，CICADA 3301 都是應受褒獎的一方。

CICADA 3301 是如何保持神秘作風？

考慮到 CICADA 3301 謎題的複雜性，該組織的成員數應該為數眾多。因為就算少數人再專注，也難以精通各種各樣的學科，同時又有時間閱讀資訊量龐大的文獻。更不用說製作這麼多精緻謎題所需的準備功夫，還要花費大量金錢。

從 2012 年到 2017 年，CICADA 3301 曾多次出題，理應招募了不下數十人的新晉成員，加上原有的舊成員，估計組織有一定的規模。為什麼一直以來在網上公佈 CICADA 3301 工作內容的人員相對較少呢？

原來，根據曾經進入 CICADA 3301 的網民提供的資料得知，所有協助 CICADA 3301 工作的人員，都必須經過非常嚴格的篩選。一些不穩定及不忠誠的成員會在加入後的第一、二階段就被剔除。這個篩選的主要目的不是為了保護組織的機密，而是避免一些抱着好奇心態進入組織的網民會影響工作進度，保密工作只是順帶完成罷了。目前部分流傳的關於 CICADA 3301 的資料，就是這些被踢出的成員流出的。

　　此外，能夠在短時間解開謎題，成為正式成員的網民，多數都是擁有高學歷、在相關行業有豐富經驗的有識之士。只要他們認同 CICADA 3301 的理念，就絕對不會揭發 CICADA 3301 的底細來自討沒趣，成員也不會貿然做出破壞的行為。更何況，就算成為了正式成員，想要一探 CICADA 3301 的管理核心也是不可能的，因為組織都是由少數的創始者掌握營運及分配任務。

　　即使管理層想要進行極為簡單的任務，他們也不會將任務交給同一位成員處理，而是將其拆成多個事項，分配給不同的成員處理，甚至是由複數成員解決同一個事項，最後只選出最好的方案。大部分成員都無法互相聯絡，因此也不知道別人正在做什麼，從而達到保密的效果。

　　根據曾經參與 CICADA 3301 工作的網民的證言，在一些極為複雜的任務中，組織是允許成員組成一個子團體一起工作的。這些

子團體稱呼自己為「圈子」或是「巢穴」，這個名字可能會因應不同任務而改變，有時甚至只是一個任務代號。

有一個非常著名的都市傳說，就是 CICADA 3301 能保證他們的內部資料不外洩，是因為他們有嚴密的監察舉報制度。有人甚至認為他們會殺害任何想要背叛或是擅離組織的成員。一旦和 CICADA 3301 扯上關係，即使想要反悔也來不及了。

但是，這個都市傳說是完全純屬虛構的。首先，自 2012 年組織在 4chan 等網站上揚名之後，已經有數位通過謎題測驗的人士或是前成員走出來揭露他們的秘密，他們給出了不少證據如最終考核信件、聯絡方式或暗網網址等，證明他們所述所言是可靠的。

其中一位曾經在 CICADA 3301 旗下參與研究加密貨幣的成員就表示，即使 CICADA 3301 的管理層已經做過篩選，在一些吸引力沒那麼大或者較沉悶的研究計劃中，還是常有組員因失去興趣而決定退出，也有一些人因為平日工作過於忙碌而變成了只掛名的幽靈成員。組織的管理層一直都是以合則來不合則去的原則，對待這些想要離開的人。他說，組織雖然會對成員強調保密的重要性，卻不會因此加害他們。況且就算組織想要這麼做也做不到，因為這些人都是通過暗網聯絡，中間經過了層層的代理伺服器保護，可以達至完全匿名的效果，管理層不可能了解每一位成員現實中的身分。因此，CICADA 3301 會殺害前成員的說法根本是無稽之談。

我們要明白的是，CICADA 3301 作為一個非常着重匿名和私隱權的組織，擅長使用暗網，同時擁有自己製作的專用通訊管道，連擁有高超電腦技術的黑客和情報組織都難以揭露他們的底細。我個人並不認為 CICADA 3301 會在將來揭露自己的身分，他們不想出名，也不想從中獲利，只是默默地在宣揚他們的理想。

暗網的神祕，豈止於科技犯罪？

美國政府和匿名者雖然不斷打擊暗網犯罪，但是在地下世界裏，有更多怪誕離奇的內容，它們也是構成暗網的主要元素之一。其中有超常現象研究、陰謀論、甚至是密謀暗殺一國領袖的網站等等，之前我在 Youtube 上講解過的外星人研究文件也是其中之一。

他們依然存在，不代表政府沒有力量將他們消滅，而是政府沒有認真對待這些內容。一來這些機密對社會的危害遠遠不如違禁品販賣網站嚴重，二來許多內容連有關當局都難辨真偽 —— 即使是 FBI 也不可能完全了解其他部門的機密和民間組織的研究。

接下來我會帶大家脫離日常世界，解構這些難辨真偽的神祕網站。

遭遇吸血鬼事件

　　暗網中有很多大大小小的論壇，你會發現當中其實大部分討論都和表網的差不多。不過有時也有人在這裏討論一些，只有在地下世界才會出現的神秘事件。我在暗網中一個仿 4chan 形式的貼圖留言板上，看到有網民發佈了他疑似遇到吸血鬼的經歷。這個事件我曾經製成影片放在 Youtube 頻道上，在此，我將公開事件的後續發展。

　　這一位名叫 Peterson 的網民，在貼圖板中的超常現象板面開了一個帖子。

　　這個帖子是在 2016 年 8 月 7 日星期天下午 12 時 35 分發佈的。以下是樓主 Peterson 所述的經歷：「我將要告訴你的這件事發生在昨晚，也就是 8 月 6 日。當時我正在駕車回家，那晚我下班後去了我媽的家。正常來說每個星期六我都會去我媽那裏，差不多 9 時我就離開了她的家。

　　「我坐了上車，開往一條鄉村的道路上。通常，我是不享受這段旅程的，大晚上要在一條很古舊的鄉村道路上開車走三十英里的路，而且還是每個星期一次，足以令你發瘋。我唯一看見的東西除了我的車燈，就只有一些其他的車輛，於是我就拐了彎進入一條分叉路。」

雖然 Peterson 沒解釋為什麼他會拐彎進入分叉路，但是可以推斷他應該是感到太無趣，所以想找些樂子吧。

　　「接着我把地址輸入到 GPS，準備好探索一些新的路徑。我穿過古舊的、充滿泥土的道路，來到了一個奇怪的地方。那裏有幾間房屋，四周有樹木，但是極度黑暗，而且一點聲音都聽不見。我駕車的時間愈長就感覺愈詭異，正當我打算看一下 GPS 看看現在的進度，『它』就來了。

　　「一下撞擊聲從我的車頂傳來，我安慰自己可能只是一隻浣熊或什麼動物從樹上跳了下來吧。接着，我就聽到了第二下『嘭』的一聲。我嚇到整個人定住了，因為那個聲音彷彿有個人站在車頂在敲我的車，然後我又聽到了第三下撞擊聲。

　　「我這輩子從沒試過那麼害怕。我再一次跟自己說這沒可能是真的，我必須儘快衝回家裏。所以我開始加速，同時嘗試在後視鏡看車子的後方。雖然在黑暗裏我的眼睛不太能聚焦，但我勉強還能看到有一個生物，從車頂跳落在泥土道路上。它就在車子的正後方。它是一個灰色、高瘦的人形生物，身上似乎穿着一件黑色的袍。它的移動速度非常快，我已經開到每小時三十五英里，那東西好像還是能抓到我的車尾。我想加速但做不到，因為我不想把車撞到樹上去。

「我一手尋找電話想打 911 報警，同時把眼睛專注在道路上。可是我報不報警其實也沒什麼分別了，因為警察來到這裏至少要二十分鐘。我繼續前進了五分鐘左右，再看看後視鏡，發現那個東西已經消失了。」

Peterson 的故事就在這裏停下了來。他說，他始終都想不清昨晚到底看到什麼，就想問這裏的人能不能解釋。

在這次事件裏，其他網民的留言扮演了非常重要的角色。首先第一個留言就提出「它可能不是吸血鬼，而是外星人。」

然後其他人就問：「樓主你住在哪裏，我很好奇。」樓主之後回答了一個地址，而那個地址應該是樓主住的一個小鎮。我不希望在這裏公佈這個地址，因為樓主既然選擇用暗網討論這件事，我相信他是不想把詳細資料公開。

以下是一個對這件事很關鍵的回應，這位留言的人說：「你好 Peterson，我在一個超常現象組織裏工作，我們對你的案件有興趣，請你透過這個電郵聯繫我。」

下面的留言都表示不太相信，認為這是暗網常有的詐騙手法。但是樓主沒有聽取勸告，他已經迫不及待發送了電郵給樓上那個人。不久後，他跟其他人講：「大家冷靜點，這件事是真的，上面

的人已經回覆了我的電郵，我們會一起調查這個地區。」然後他就把剛才那超常現象組織的網站放了上來，表示這個並不是詐騙。但他給的也是一個暗網的網址。

另外，在留言中有網民提到一個傳聞，就是在樓主行駛的道路一帶曾經有人失蹤，從 2009 年至今仍未找回。

在我找到這個帖子的時候，它已經沒有其他更新。為了查明這個事件的真相，我決定透過這個超常現象組織的網站和暗網電郵地址和他們聯絡。

我必須做好措施，避免遭遇詐騙犯。為此，我先是對上文提到的暗網超常現象組織進行了調查。原來他們是在暗網世界中稍有名氣的組織，在其他暗網的論壇例如 OnionChan、HUB 等都有關於他們的討論。如果留言的人真是來自這個組織，那麼他們是絕對值得我去聯絡的。於是，我立即申請了一個全新的暗網電郵，並且開始接觸他們。隔了大約十天我收到了一個詳細的回覆。

這位回覆我的組織成員的匿稱是 Adam。原來他們在看到這個帖子之後，也對樓主 Peterson 做了詳細的調查，並且肯定樓主的故事可信，才會主動找他。互相猜疑在暗網中是很平常的，因為在地下世界中最好不要相信任何人。根據他們的調查，Peterson 所住的小鎮地址是真實存在的，它是在德克薩斯州郊區的一個湖邊。

Peterson 告知 Adam 在文中並沒有提到的、他母親居住的地址，並且提供了當日的行車記錄。超常現象組織的人於是考察了連接兩地的道路，試圖找出 Peterson 當日見到吸血鬼的地點。他們從 GPS 的記錄和 Google 地圖中，找到一個可能是 Peterson 當日見到吸血鬼之前經過的神秘小鎮。

確認路線後，組織的人員決定在正午時分前往實地。他們直接駕車來到了當日 Peterson 轉進的分岔路口，沿着當日的泥土道路行進，很快就抵達了那個小鎮。

不過和 Peterson 所敘述的不同，這個小鎮雖然是比較偏僻，但並不是杳無人煙、充滿詭異空氣的廢村。相反，那裏是一個有不少人居住、環境優美的典型美國小鎮。為什麼 Peterson 當晚來到這裏，見不到任何人和燈火呢？這是個讓超常現象組織的人員百思不得其解的問題。

他們下了車，裝成旅客向附近的居民查問。當然，他們不會挑明地問這裏有沒有吸血鬼出沒，而只是問 Peterson 當日走過的路會不會有危險。居民的答案都是否定的，小鎮附近很安全。這也是 Adam 他們預期之中的答案。如果附近有吸血鬼出沒的話，在通訊這麼發達、人人都有手機的社會中必然會引起一番騷動。

超常現象組織還保留了一條重要的線索，就是在 2009 年當地

有人失蹤。雖然這個線索是來自留言，留言中並沒有講清楚失蹤事件發生的確切地點，但是組織人員搜尋了新聞，發現在 2009 年一年之中，這一帶郊區的確總共發生了兩次失蹤事件。兩名失蹤者都消失得無影無蹤，再也沒有被找回，其中一次的事發地距離他們前往的小鎮只有數公里之近。如果這些失蹤者是和所謂的吸血鬼有關，那麼一切都解釋得通了。不過截至他們回覆我之時，都沒有找到證據證明兩者有直接關係。

雖然該組織還沒有找出這件事的真相，不過他們從 Peterson 所去的神秘小鎮和現實中的景象完全不同這一點推斷，那一片地區的空間很可能非常不穩定，而 Peterson 當晚是誤闖了一個異空間，吸血鬼則是居住在那裏的生物。

老實說，我對這個講法並不是特別認同。因為根據我以往對異空間個案的研究，人類一旦闖入異空間是不可能這麼輕易出來的。其次，進入異空間後，有很大機會留下後遺症，不可能一點痕跡都找不到，美國的彩虹計劃（Project Rainbow，也稱費城實驗）就是人類誤闖異空間的一個非常好的例子。

我對該組織提出了個人看法，我認為 Peterson 當日遭遇的並非吸血鬼或外星人，而是山魅。

山魅所引發的靈異現象在亞洲是很常見的。香港曾多次發生登

山客失蹤事件，被認為和山魅製造的結界有關，台灣也常有魔神仔迷惑登山客的故事，就連馬來西亞和日本，都有相關的傳說。這類傳說並不是亞洲獨有，在美國也有許多邪惡精靈（Evil Spirit）在山中出沒的記錄。它們多數只會在國家公園等更偏遠的山區出沒，被認為與上百宗離奇失蹤事件有關，然而它們甚少來到有人居住的地方。不知是不是因為宗教原因，在西方國家這些邪惡精靈往往會被認為是魔鬼的化身，所以 Adam 他們沒有聯想到這一點也是很正常的。

這個超常現象組織還研究過其他非常有趣的個案，之後有機會我會在 Youtube 頻道再作講解。

暗網中有人想要殺死美國總統？

特朗普（Donald Trump，台譯：川普）在 2017 年 1 月 20 日宣誓就任美國總統，其行事作風一直備受爭議。我在 2017 年 2 月初，發現了這個聲稱要暗殺特朗普和美國副總統彭斯（Mike Pence）的暗網。

在報導這事件前我要先聲明：所有謀殺和意圖謀殺都屬於犯罪，暗殺他國官員更是恐怖活動，我是絕對不會支持或參與任何形式的犯罪，同時也在此提醒大家不要支持或嘗試聯絡犯罪者。

大家看到的就是網站的全部內容，這網站就只有一頁，寫着終結特朗普和彭斯的大標題，以及以下的內容：「你應該很清楚特朗普和彭斯做了這個自由世界的領袖，後果是非常危險的。政治、環境和社會的後果，會讓美國陷入最壞的情況。企圖消滅其他美國人種族的白人至上主義，例如 3K 黨或新納粹等等的運動是不可以被容忍的。我們美國人的社會已經走得太遠，不可以走回頭路。」

3K 黨和新納粹都是種族主義團體，為什麼他們會說特朗普會和這兩個團體有關？那是因為特朗普在競選期間發表了很多種族主義和排外的言論。

在第二段中他們自稱是一個很有名的地下組織，他們保護所有人民的權利，同時對抗扭曲了的政府和制度。他們以往的手段是利用不同的網絡攻擊，但是現在他們決定更進一步，用比網絡攻擊更甚的力量來保護自己，以及避免內戰或世界大戰的發生。

第三段寫道他們已經有人員潛伏在美國政府的不同部門、保安、甚至有些在特勤局裏。但很不幸他們實施計劃需要大量的金錢，去購買裝備、支付賄款和發放薪金給他們的人員，需要網民透過下面的 QR 條碼捐款。

雖然這個網站聲稱已經有了詳細計劃，但是要暗殺美國總統一點都不容易。事實上在這五十多年間，就只有甘迺迪一位總統是遭到暗殺而死。在上個世紀八十年代，美國總統列根被人刺殺但僥倖生還之後，美國總統的保安已經加強了很多，據說現在美國總統的專車是連槍炮都無法穿透的。

那麼，到底這個網站的內容是真實還是詐騙呢？不要驚訝，在暗網裏這類以暗殺為主題的暗網一直都存在，在奧巴馬還是美國總統期間，也有以暗殺奧巴馬為目標的眾籌網站。

這類暗殺眾籌網站的運作形式，相傳是先由主辦人募集一定的金額來作為獎金，然後主辦人會將他們旗下的殺手團隊分為幾個小隊，每個小隊在研究及制定了各自的計劃細節之後，就會將計劃和實施日期交給主辦人。當目標人物真的被殺死，主辦人就可以根據暗殺的日期和細節決定將獎金交給哪組人員。因為他們是用比特幣這種暗網貨幣來做交易，所以從籌款到給獎金都可以做到完全匿名。但在奧巴馬平安卸任之後，我們就知道他們的計劃或者是失敗了，或者從頭到尾都是騙局。所以，這一個暗殺特朗普的網站是騙局的可能性非常之高。

在 2018 年初，暗網的網民再次造訪這個網址，發現網站已經無法連接。一個在暗網頗有名氣的網站突然消失，在各個討論區引起了一番議論。網民認為這個網站是被 FBI 查封取締了，但這是一件不太尋常的事，因為美國政府一向不會積極處理暗網上的詐騙網站。如果這個網站真的是被當局封殺，說明它已經造成了現實層面的威脅。故此，有部分網民認為這個網站的內容是真的，當然這也只是他們的推測，真相只有政府內部人員才會知道。

相信大家看到這裏已經充分了解到暗網中的環境，無論是在現實還是互聯網，所謂地下世界都是充滿了骯髒的事物。可是，在互聯網上充斥着許多關於暗網的都市傳說，創造傳說的人試圖將已經充滿了犯罪和神秘事物的暗網，塑造成一個更戲劇化的舞台，這些所謂的暗網流出的故事有多少是真實的呢？在之後的篇章我會為大家講解幾個關於暗網的傳說，分別是影子網絡、馬里亞納深網，以及暗網紅色房間殺人相片。

影子網絡

影子網絡（Shadow Web）相傳是一個充滿恐怖暴力內容暗網，到底它是真實存在，還是一個虛構故事呢？這個問題引發了很大爭議。接下來，我就要揭露影子網絡的真相。不過在這之前，我們先講講影子網絡傳說的起源。

　　影子網絡這個名詞，源於在 2014 年 2 月 3 日，一位叫做 Keniluck 的網民在討論區 Reddit 的 nosleep 板發佈了一篇文章，名為「給那些想要進入影子網絡的人的警告」（a warning to those thinking about accessing the shadow web）。Keniluck 聲稱這是他的親身經歷，並且是以第一人稱記述他進入影子網絡的整個過程。

　　2013 年，Keniluck 當時仍在加油站打工。有一位熟客每週都會前來加油站的便利店買大量的 UKASH 代用券，用來購買線上的色情影片。不過有一天，他一次買了三百美金的代用券，Keniluck 好奇地問那個人買這麼多代用券的原因。

　　那個人漫不經心地回答道：「你沒聽說過影子網絡嗎？」然後掏出了一張卡片給 Keniluck。這張卡片上寫滿了如何進入影子網絡的指示，這些步驟非常繁瑣和困難，他花了很長時間，終於成功開啟了影子網絡的閘門頁面。

這個閘門頁面就像是在機場或商場連接 WiFi 時的歡迎頁。頁面寫滿了恐怖、色情內容的索引，以及大量與犯罪有關的網站連結。Keniluck 說他先是進到了一個名為 avenge.shweb 的網站，裏面藏有大量戰時的政府機密和外交文件。

這個故事到目前為止都非常合乎常理，在暗網中……不，甚至在表網，只要心懷不軌的話都可以找到大量色情的內容。除了一點，就是 .shweb 這一個域名，並不存在。

Keniluck 自己也並沒有特別驚訝，因為他是資深的網絡用家，每天都宅在家裏上網，對網絡世界的黑暗面一點都不陌生。直到 Keniluck 在偶然間發現了一個串流直播網站，事情開始變得瘋狂。這個直播網站上掛着 UKASH 代用券的標誌，在他剛進入網站的時候，觀眾只有大約一百五十人，節目將要播出的時候就很快增加到二百人了。

節目一開始，一個壯碩的男人揪着一個瘦弱女人的頭髮把她拖出來。他在鏡頭面前不斷暴力對待這名可憐的女人，尖叫聲從電腦喇叭接連傳出。原來這是一個只要觀眾付款就可以成為「導演」的網站，「導演」有權命令影片中的壯碩男人用指定的方式攻擊受害者。

Keniluck 感到非常害怕及後悔，於是上來討論區發表了這篇警

告。理所當然地這個帖子不但沒有起到警告的作用，更變成了影子網絡的宣傳。網民對此的反應非常激烈，有人深信影子網絡存在，可是也有人質疑它的真偽。會員 Dumplingsforbreakfast 就是其中一個不相信這個故事的人。他是在類似網絡安全公司或是情報組織工作，熟悉地下世界。他認為 Keniluck 所上的網站根本就是暗網而不是影子網絡。Keniluck 於是和他發生爭吵。

爭吵在第二天平息，因為 Dumplingsforbreakfast 出了另一個帖子稱：「影子網絡是真實存在的。」他在帖子中透露，當晚 Keniluck 聯絡了他，並且給了他自己的電話號碼，和進入影子網絡的方法。Dumplingsforbreakfast 還說他從電話號碼推斷出 Keniluck 是住在加拿大的一個小鎮 Valleyfield。

Dumplingsforbreakfast 聲稱他經過一番努力，成功進入了影子網絡，發現 Keniluck 所講的內容都是真的。於是 Dumplingsforbreakfast 想要親自致電給 Keniluck 道歉，並且要向他致謝，因為他提供的影子網絡的資料能夠拯救很多人的性命，可是 Keniluck 沒有接聽。

Dumplingsforbreakfast 打了給他的上司報告了影子網絡的事，但是他的上司竟然告訴他，組織一直都知道影子網絡的存在，並且警告 Dumplingsforbreakfast 他和 Keniluck 的處境都非常危險。因為他們違反了影子網絡的用戶必須保持沉默的潛規則。

之後，Keniluck 便一直音信全無。

隔了一天，有網民找到一篇新聞，Keniluck 所住的 Valleyfield 鎮有一名三十六歲男子被殺害。而在故事後半還有一些內容，包括 Dumplingsforbreakfast 被來自影子網絡的殺手陷害的劇情，但是這都不重要了。我們要判斷的是到底這個故事是否真實？Keniluck 真的不幸身亡了嗎？其實，在故事的前半段給的資料，已經足以證實影子網絡的故事純屬虛構。

第一，我翻查了暗網中數個討論區的記錄，發現在 2014 年前從來沒有人討論過影子網絡。根據故事，登入影子網絡的步驟異常繁複，絕非每個人都能憑自己的力量完成。如果影子網絡真的存在，那麼必然有人會在暗網討論進入它的方法，但是從來沒有人這麼做過。

這絕對不代表影子網絡真的危險到連暗網用戶都不敢討論，因為在 2014 年 Keniluck 在 Reddit 發佈了故事之後，暗網上戲劇性地多了大量關於影子網絡的討論，有瀏覽暗網習慣的網民都紛紛表示不以為然。

當然，這些討論影子網絡的網民都是看了這個故事慕名而來的。愈是深入了解暗網的網民就愈清楚，影子網絡是虛構的事物，這些新人在瀏覽暗網一段時間之後，也會明白這個道理。

第二，故事中提到，影子網絡瀏覽器是由非常舊版的 Netscape Navigator 瀏覽器改造而成。這是一個非常不現實的設定。因為 Netscape 是九十年代的過時產物，最後一次更新已經是 2008 年，其安全性也遠遠比不上現今的瀏覽器，因此將其運用在標榜匿名的影子網絡上是完全沒有可能的。如果設計影子網絡的人是為了刁難使用者才選擇這個古舊的瀏覽器，那他大可以自行製作一個全新的瀏覽器，因為要將 Netscape 弄成安全可靠，然後可以登入特殊的網絡，還能觀看串流影片，其難度不比重新製作為低。因此使用 Netscape 的意義完全不存在。

第三，故事中提到的影子網絡網址，都是以 .shweb 這個域名為後綴。常見的 .com 和 .onion 等都是屬於「通用頂級域名」（GTLD），絕非隨便亂作就可以使用的。當一個組織想要使用一個新的頂級域名，他們必須先進行一連串的申請、接納程序。現在所有申請成功、使用中的域名都詳細列在網際網路號碼分配局（IANA）的網站上，就連惡名昭彰的 .onion 暗網專用域名都不例外，和 .test、.example 等罕見的域名並列於特殊用途域名（Special-Use Domain Names）列表之中。我查詢了通用頂級域名的名單，發現 .shweb 根本不在其中。

這說明 .shweb 如果真的存在，那它有可能是個偽頂級域名（Pseudo Top Level Domain），或者是使用像 Decentralized Network 42 那樣的大型 VPN 系統，完全脫離互聯網的範疇。從技

術上來看雖然是做得到，但是卻面臨很多現實上的困難。最主要的是，這些技術限制令到影子網絡無法像普通的暗網 Tor 那樣普及，經營違法網站的網主也無法賺錢。

第四，故事中提到，影子網絡一個串流節目的觀眾數可以達到二百人之多。而 Keniluck 瀏覽的網站有多個節目同時播放，可以推斷出這個網站的同時在線人數至少有數百人，甚至是上千人之多。但是即使是暗網中最受歡迎的直播網站，其觀眾數都達不到這麼多。

故事聲稱，影子網絡中其他網站的內容也非常豐富，資料庫的規模頗大，也有很大的瀏覽量支撐。可見瀏覽影子網絡的用戶數理應和暗網相若。資料顯示，2014 年普通暗網的流量約為每天二百萬人次，就算影子網絡的使用人數比暗網低一個數量級，也有足足二十萬人次。在數以十萬計的用戶當中，除了 Keniluck 外無人提起或討論影子網絡、影子網絡的秘密絲毫沒有流出到表網，發生這種事情的可能性非常之低。

我們看看歷史就知道，人類保守秘密的能力真的很差勁，從國家高度機密、美國高官的醜聞，到暗網中的違法內容、親朋戚友間的八卦，從來不缺洩密的事情發生，更何況是數以萬計的網民瀏覽過的內容呢？

第五，故事中的劇情其實與現實的網絡生態是相違背的。事實上，即使是藏得最低調的暗網，網主們也會想要更多人知道他們的存在。我們在表網中可以輕易找到這些暗網的目錄和廣告宣傳。

我們要搞清楚的是，暗網的暗，不是指這個網站普通人無法參與，而是指參與它的人不會暴露身分。架設犯罪暗網的人追求的是匿名性、安全性，而不是網站要求有多隱蔽和保密，暗網的網主絕不會想盡辦法增加用戶進入網站的難度。

這是因為支撐任何網站的基本要素就是人流，這對網站的可達性是個考驗，網速和內容量必須考慮在內。就算是本來由美國海軍研究所出資開發、用於傳輸機密訊息的 Tor 瀏覽器，其創作者也是希望這個技術愈容易使用愈好的。特別是故事中的商業性質網站，如果進入這些直播網站的技術含量是這麼高，需要通過重重難關，甚至還禁止向別人提起它，那麼網主就無法獲得可靠的收入。

故事中，來自影子網絡的殺手因 Keniluck 無意中「宣傳」了影子網絡就將其滅口，更加是現實中沒可能發生的事，因為 Keniluck 要說的已經說完了，殺了他只會引起恐慌，將故事散佈給更多人知道，誰會做出這種傻事？

第六，Dumplingsforbreakfast 在帖子中提到居住在 Valleyfield 的 Keniluck 被來自影子網絡的殺手殺害。網民認為它是在新聞公佈

之前就出了這個帖子，故此他不可能造假，這又是不是事實呢？

　　經我調查，發現在 2014 年 2 月 5 日 Dumplingsforbreakfast 發佈帖子當天，的確是有一位三十六歲男子在加拿大 Valleyfield 被發現死亡。這個新聞在當日早上六點（美國和加拿大東部時間）公佈。可是 Dumplingsforbreakfast 的帖子是在接近九點才出了這個帖子，而且這是 Keniluck 的「居住地」第一次在網上曝光。

　　換句話說，在這兩個多小時內，故事的創作者是有足夠時間找出一篇最近發生的殺人事件的新聞，然後把地點放進故事內，用來增加故事的真實性。

　　還有一件事，雖然不重要，但是也順帶一提，網民推測在 Valleyfield 這個只有數萬人居住的城市中謀殺應該非常罕見，其實也並非事實。我在調查期間發現，Valleyfield 在這幾年間已經發生了多次殺人事件，這個小鎮似乎也不是大家想像中那麼和平。

　　第七，在故事落幕之後的 2 月 10 日，Keniluck 本人已經發帖承認故事純屬虛構：「看見你們對影子網絡故事的回應，我真是感到受寵若驚。當你們發了這麼多訊息表示對我的安危感到擔憂，這種感覺就愈發強烈了。

　　「老實說，我打算停止這個系列。因為在過去兩個帖子中要保

持故事的真實性和娛樂性實在是太困難了。我已經寫好了第三和第四個故事，但是還是決定把它們刪掉，因為再貼下去就有點尷尬了。」

　　他在文中還提到，Dumplingsforbreakfast 是他自己扮演的，使用了一個隨時可以丟掉的分身帳戶。以及他日後還會在他擔任板主的 Rumcake 板繼續貢獻，並且感謝提供上面那篇 Valleyfield 謀殺案新聞給他，來增加故事的真實性的網民。他提到 nosleep 板的板主也有份幫他隱瞞身分，因為只要板主有心，就可以透過查看 Keniluck 的 IP 地址來證實他和 Dumplingsforbreakfast 是同一人。

　　當然有網民會辯解說這個 Keniluck 可能是來自影子網絡的犯罪者，偷去了 Keniluck 的帳號去偽冒他，真正的 Keniluck 早已死亡。但是 Keniluck 直到目前仍活躍於 Reddit，他出的帖子的風格和語氣和之前完全相同，並無可疑之處。退一步來說，就算殺死他的人真的有能力完全模仿他的語氣，犯罪者的模仿在事件風潮褪去後就可以結束，他們完全沒必要扮演 Keniluck 數年之久。

　　實際上，在西方國家中，網民都知道影子網絡的故事是來自 Reddit 的 nosleep 板，而 nosleep 板是專門供人發佈一些恐怖故事的地方，其中一條規則就是明知道故事是虛構的也不可拆穿。時至 2018 年，除了不熟悉 Reddit 生態的中文圈網民，已經很少有人相信影子網絡是真實存在的。

馬里亞納深網

有一個與影子網絡非常相似的都市傳說，叫做馬里亞納深網（Mariana's Web）。它以地球最深的海溝為名，傳說中，這是一個比暗網更黑暗的區域，必須使用量子電腦解開一連串名為 PFD 的高等數學函數才能打開馬里亞納深網的大門。馬里亞納深網的內容與影子網絡雷同，總是離不開血腥暴力、殺人越貨，也有人聲稱一些邪教組織會使用馬里亞納深網進行聯絡和宣傳。

邪教組織常在暗網出沒，這是不爭的事實，我也親身見識過一些暗網邪教網站。但是馬里亞納深網又是否存在呢？要理解這個傳說，我們必須先從量子電腦說起。

量子電腦為目前最先進的電腦科技結晶，在傳統電腦中，基本計算單位位元（bit），不是 1 就是 0，而一個量子位元除了 1 和 0 之外，還可以是 1 和 0 的量子疊加態。假設一台只有兩個位元的傳統電腦，它只能處理 00、01、10、11 這四個數的其中一個，而有兩個量子位元的量子電腦，就可以同時處理這四個數，所以在這個情況下，這台量子電腦的速度就是傳統電腦的四倍。真正的電腦當然不只是有兩個位元，所以量子電腦一旦正式量產，其運算速度理論上比傳統電腦要快千萬倍。

可是，目前量子電腦仍然有技術屏障，目前最先進的量子電腦

都不適用於通用計算，無法計算出所有量子算法，它們的主要工作方式，類似於調整易辛模型來製作出解答特定問題的最佳量子態，是從傳統電腦的退火法的根基上演變而來。新的算法至今還沒有一個準確的方案，要拓展到更精密的通用量子電腦，還需要至少數年的時間才能取得突破，距離運用在廣泛科學計算還有一段距離。所以運用量子電腦來解碼進入馬里亞納深網，這種說法完全不現實。

當然會有陰謀論者懷疑，美國政府和一些秘密組織是不是已經掌握了更先進的技術？這種顧慮是不必要的。因為根據馬里亞納深網的傳說，要使用量子電腦來計算此方程的答案：$c = \lambda/2 \ (1-\lambda/2)$ 作為密碼。讀過數學的人都知道這種簡單的一元方程是絕對不需要動用到超級電腦去計算的，更何必叫出還未知何年何月才能實用化的通用量子電腦？

從密碼學的角度考慮，現時最常使用和最安全的加密方法，是 RSA 密碼演算法。在這種密碼演算法中，牽涉到多達數百位的質數相乘，上面提到的一元方程的複雜程度遠不能與其相比。

目前最接近都市傳說的內容，是使用量子力學的加密手段，稱為量子密鑰。這個概念其實早在 1970 年代就已經出現，他由哥倫比亞大學的科學家最先提出，其中最核心的理念是運用次原子粒子的量子編碼，也就是前文提到的量子位元的物理特性。根據量子力學的不確定性原理，其狀態是無法在不被干擾的情況下測量的。這

意味着，我們這個觀測行為本身，就會影響觀測的結果，令到得出的數值可能和我們原先預計的大相徑庭。故此，一個量子位元的狀態是不可能被複製的，因為想要複製它，必須先觀測其狀態，而觀測這個動作會干擾量子位元的狀態，令到需要複製的數值消失。這個原理被稱為「量子不可複製原理」，是量子加密的基礎。

在這個基礎上，電腦科學家發展出黑客絕對無法盜取量子信息的加密方法。他們運用電磁輻射是以光子為量子，而電磁波擁有垂直和水平偏振的原理，發明了用光子作為量子信息載體的傳輸方式，其對應的量子通道為光纖。只要一方隨機產生出一連串位元，另一方接受並對比訊息，就可以知道訊息在傳送途中有沒有被盜取。如果發生盜取的情況，發出和接受到的訊息就會受到觀測者的測量而變得不同。這一串傳送的位元就稱為量子密鑰。當確認量子密鑰正確之後，用戶就可以運用傳統的網際網路通訊。這個加密手段一直有商業應用，不是什麼機密，其內容和不存在的所謂 PFD 高等數學函數完全無關。

雖然破解了馬里亞納深網的傳說，但是可能有些人會問，那些從暗網中流出的邪教獻祭相片是怎麼來的呢？在接下來的篇章我會為大家詳細講解。

第四章

解開流傳已久的謎團
——都市傳說真相

相信很多讀者像我一樣從小就很喜歡神秘事件，這些隱藏在日常生活陰暗處的秘密深深吸引了我們。沉浸在充滿未知的神秘世界，深入了解這些謎團後，哪怕只能稍微窺探在黑暗中閃爍的瑰寶，都足以令人興奮不已。

在互聯網普及以來，更是出現了愈來愈多的都市傳說。起初，我和大家一樣被這些傳說繁富多變的情節嚇到了。之後，我開始留意到許多網民對於這些都市傳說，往往只在意它們的娛樂性和神秘感，而忽視了背後的真相。其實不少都市傳說的內容，只要稍加分析就能找到許多漏洞。

當然，也有許多都市傳說的情節，像是編排慎密的電影一樣非常引人入勝。但是硬要把一個好故事謠傳成真實事件是沒有必要的。我的角色，如同拍攝電影背後製作花絮的攝影師，希望可以帶領大家從另一個角度觀看每一個耳熟能詳的都市傳說，揭開其背後的真相。

來自暗網紅色房間的相片

這張照片已經幾乎變成在網絡最深處的暗網暴力世界的標誌。它有名的程度到了要是你拿這張照片到 Google Image 搜尋，自動出現的建議關鍵字就是「Deep Web」、「暗網」。

　　這個都市傳說有很多版本，其中一個最為人熟悉的傳聞，說其實這張照片來自「紅色房間」，那是一個暗網的直播網站，專門播放虐殺人類的血腥過程，而這張照片就是在直播過程中觀眾截下來的圖片。

　　另一個說法是，這個其實是一個在暗網裏活動的藝術家的作品，而他在暗網裏架設的個人網站上有無數張同類的血腥照片。雖然那名藝術家聲稱沒有人在拍攝過程中受傷或死亡，但有很多網民都認為他們是假戲真做，真的殺害了照片上出現的人物。

　　這件事的真相到底是怎樣的呢？

　　製作這張照片的人的確是藝術家，不過他的職業是光明正大的電影特效化妝師，跟暗網是完全沒關係的。他的名字叫 Remy Couture，住在加拿大第二大城市蒙特利爾（又名滿地可）。雖然

你們多半沒聽說過他的名字，但是他有參與製作《盜墓迷城 3》（*The Mummy 3*，台譯：神鬼傳奇 3）和《翻生侏羅館》（*Night at the Museum*，台譯：博物館驚魂夜）等等的電影。

Remy 同時也是獨立製片人，他製作了名為《內心腐敗》（*Inner Depravity*）的短篇恐怖電影，並且把作品上載到 Youtube 讓大家免費觀看。作品中充滿了暴力、血腥，當中的化妝和特技都幾可亂真。這張所謂來自暗網的照片，就只是《內心腐敗》的劇照而已。

網民將 Remy 的照片誤認為跟殺人事件有關，也已經不是第一次了。早在 2009 年，就有一位德國的網民在看過《內心腐敗》的官方網站之後，因為不諳英文，看不懂網站上寫着的「本故事純屬虛構」等字句，而去向當地警方舉報有連環殺手出現。蒙特利爾的警察收到報告後非常緊張，馬上拘捕 Remy，同時調查到底有沒有人在拍攝過程中遇害。

雖然證實到 Remy 製作的電影是完全靠化妝和特技，演員也沒被傷害，但在 2010 年警方決定正式起訴 Remy 分發、擁有和製作淫褻及不雅物品、敗壞社會道德等等的罪名。陪審團在研究過五百幾張 Remy 的作品照片之後，終於在 2012 年判他無罪。

Remy 成名之後，在蒙特利爾開始流傳一個故事：如果你在街頭看見人類的殘肢，那些殘肢很大機會就是 Remy 丟掉的作品。但當然，這又會是另一個都市傳說了。

俄羅斯睡眠剝奪實驗

　　不知大家有沒有聽過俄羅斯睡眠剝奪實驗呢？它是一個在互聯網上廣為流傳的都市傳說，就算你沒聽說過，我想你也看過這張照片。

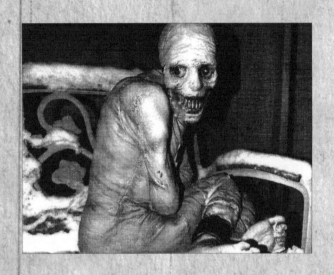

　　在這裏我簡短的說一下傳說的內容：在 1940 年代末，俄羅斯一群科學家進行了一場實驗。他們把五個政治犯丟進了一個密封的房間，房間裏有充足的氧氣、食物、起居設施和娛樂。但供應給他們的氧氣裏混入了一種興奮劑，而實驗的目的就是要看看這些人吸進興奮劑後三十天不睡覺的後果。

　　都市傳說的原文也說，當時並沒有閉路電視這樣的高科技產物，所以實驗的人員只能用麥克風和喇叭來監控房間裏的狀況。實驗的頭五天一切都很正常，那五個政治犯還有說有笑。但到了第九

天他們開始不斷尖叫，和做出一些瘋狂的舉動。直至第十五天，房間反而變得鴉雀無聲。

實驗人員忍不住打開房間的門，進去後發現其中一個政治犯已經死去。而其餘四人竟然因為自殘變得遍體鱗傷，大部分皮膚和肌肉都撕爛了，甚至可以看到骨頭和內臟。

最令人驚訝的是那四個生還者都變成了力大無窮的怪物。實驗室的特種部隊犧牲了幾名士兵的性命，才成功把他們制服。而一開始的那張照片，就是工作人員冒死拍下來的怪物。

另外這張有四個男人戴著防毒面具的相片，就被認為是實驗之前拍下的其中四個政治犯。

這故事的確非常吸引，但真相又是怎樣的呢？

這篇文章第一次出現是在 2009 年，其後一直都在英文討論區和社交網站之間爭相轉載。直到 2013 年，它的中文版本才出現在我們面前。

如果大家仔細留意故事情節，就可以發現很多漏洞。比如說，一個失去理智在自殘的人，怎樣徒手把自己的內臟挖出來，但又不傷到主動脈或失血過多而死呢？幾個腸臟、胃、腎臟掉到身體外掛着，本來不死也應該奄奄一息的人，又怎樣打倒受過訓練的特種部隊呢？

或許他們真的天生神力吧？我們就先不談這些漏洞。文章的開頭講到，1940 年代後期是還沒有閉路電視的，但其實閉路電視這個技術，在 1940 年代初已經發展成熟了。

接下來我們來看看那兩張相片。我不知道選這張相片做插圖的人有沒有想過，工作人員都快要把他們丟進毒氣房了，為什麼還要預先給他們防毒面具呢？而且，如果我們仔細留意就會發現，他們所戴的防毒面具，是四個完全不同的型號。

其實這張相片的真相很簡單，跟任何實驗無關，只是四個士兵在展示不同國家的防毒面具而已。不過他們在引用這張照片的時候

把上面原有的美、英、法、德等字眼刪除了。如果你放大來看，左邊那兩位士兵的手臂上，還戴着下士和中士臂章呢。

接下來再看看這張被認為是其中一個化成怪物的實驗品的相片。它瘋狂的眼神、猙獰的笑容，相信早就嚇怕了不少少男少女的心。其實它的真正身分就是——一個萬聖節玩偶。這個玩偶是有名字的，他叫 Spazm。大家可以在亞瑪遜等等的購物網站上找到它的蹤影。

其實為了查證這事件有沒有發生過，我找過很多蘇聯政府的文件來看。雖然我們可以肯定這都市傳說並不是事實，但也不排除類似的實驗真的發生過，因為在人類歷史上，比這個傳說更殘忍的人體實驗還有很多很多。

如果披頭四從未解散

披頭四（The Beatles）是一隊來自英國的搖滾樂團，在六十年代，全球的搖滾樂迷都為之瘋狂。他們對搖滾界影響深遠，其中一名成員約翰・藍儂更宣稱「披頭四比耶穌更偉大」。但是這個樂團在 1970 年的當紅時期，因成員間傳出不和而宣佈解散。可想而知，當年的歌迷是多麼傷心。但是有沒有可能，在另一個平行世界，披頭四並沒有解散，繼續在搖滾的世界大放異彩呢？

在 2009 年，一位化名 James Richards 的男子開設了一個叫「披頭四從未解散」（The Beatles Never Broke Up）的網站。他在網站中記述了一個匪夷所思的故事。

「2009 年 9 月 9 日，一個我至今仍不敢相信的經歷發生在我身上。我得到了一盒披頭四從未發行過的錄音帶，而且錄音帶是披頭四解散多年後才錄製的。接下來我要講的事情簡直難以置信，講解起來甚至很尷尬，因為你可能覺得我所說的非常荒誕。我可以向你保證，我沒有發瘋，也沒有嗑藥，我相信錄音帶上的聲音片段足以證實有一些事物是超乎我們想像的。」

James 住在加州的 Livermore，在 9 月 9 日下午兩點，他突然興起，決定駕車前往一個叫 Del Puerto Canyon 的地方。在途中，他停車讓他的狗下車上廁所，小狗一着地就突然跑去追趕一隻兔

子。James 跑着跟了過去，但是不小心踩進一個坑洞，狠狠地摔在地上。

當 James 醒來，發現自己的頭包着紗布躺在一張床上。他身處一間有着一些傢俬和電子設備的房間，這些電子設備他從來都沒見過。

一個男人帶着 James 的狗走了進來，他有六尺高，留着中長的黑髮，穿着悠閒的服裝。男人自稱 Jonas，他發現 James 昏迷在荒野，為了治療他而帶他穿越到位於平行宇宙的自家中。

Jonas 向 James 介紹，他們的平行世界和我們的世界最大的不同的是，美國政府在五十年代並沒有選擇探索宇宙，而是將資金投入平行世界的研究之中，這個計劃稱為 ARP-D。所以穿越世界對於他們來說是簡單的事情。

但是如果使用穿越器材時不小心，還是會造成死亡的，在穿越世界的過程中，可能因為隧道在高空、深海、地底打開，而導致墜落、遇溺、活埋等危險，所以政府開始尋找安全的平行世界，並且整理出一張清單供穿越者參閱。

他們的政府發現有很多從未開發過、充滿植物的平行世界。許多新的工業因應這些世界而發展，其中一個就是「異世界生活經紀

人」，他們為客人提供在其他世界生活的機會，而 Jonas 本身就是在一個平行世界旅行社擔任新路線開發的工作。

他還聊到許多兩個世界的差異，其中便提到，在這個世界披頭四沒有解散。為了讓 James 信服，Jonas 帶他來到客廳，那裏的一個書架擺滿了披頭四的錄音帶，其中四盒，是在披頭四理應解散的 1970 年之後發行的。James 提出，可不可以為他翻錄一盒錄音帶，但是被 Jonas 嚴詞拒絕。因為根據規定，平行宇宙的一切資料都不可以交給另一個世界的人。

James 心懷不忿，他先是轉移了話題，然後趁 Jonas 不注意的時候偷偷地拿走了一盒錄音帶放到口袋裏。他們吃過晚飯之後，Jonas 就把他送回了原來的世界。他迫不及待駕車回家，然後將錄音帶的內容上傳到網上，作為平行宇宙存在的證據。

這盒錄音帶的標題是 Everyday Chemistry，總共包含十一首歌曲。他將錄音上傳到 Youtube 之後，立即引起了披頭四歌迷的討論，不少人都承認這的確是他們從未聽過的歌曲。當然有人反駁說，這可能是一些狂熱歌迷模仿披頭四的唱腔製作的歌曲，或是一些從未正式發行的廢棄作品，但是他們都未能拿出實質的證據。在之前講解曼德拉效應的篇幅中，我們也討論過平行世界存在的可能性。難道這盒披頭四的錄音帶真的來自第二個世界嗎？

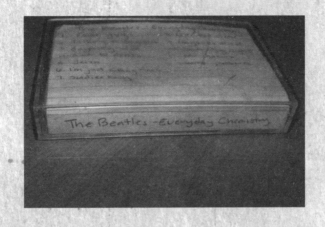

　　事實上，不少披頭四的研究者，在分析了 Everyday Chemistry 的音軌後，發現這些所謂來自平行世界的歌曲的真相是 —— 這是一張混搭（Mashup）專輯。混搭指的是將舊有音樂或歌曲改編音高和播放速度，添加新的配樂然後重新組合的一種創作手法。而 Everyday Chemistry 中的歌曲，全部都是從披頭四拆夥後，四名成員以單人形式發展時推出的作品改編而成。

　　網民還找出了 Everyday Chemistry 每首歌曲所使用的素材，我對比了一下這些歌曲的內容，不難聽得出歌曲和其素材是大致相同。但是因為網上流傳的錄音音質很差，聽起來猶如「鬼食泥」，很難聽清歌詞。加上畢竟披頭四已經是近五十年前的樂隊，而大多數使用互聯網傳播這個都市傳說的人，都不屬於那個年代，他們對這些老歌曲不熟悉也是很正常的，如果不是有狂熱歌迷和專業人員的指正，一般人是難以察覺這全都是舊有歌曲。

以下是 Everyday Chemistry 的歌曲列表以及每首歌曲的素材：

1.	Four Guys	"Band on the Run" (Paul McCartney)
		"When We Was Fab" (George Harrison)
		"I'm Moving On" (John Lennon)
		"Vertical Man" (Ringo Starr)
2.	Talking to Myself	"I'm Losing You" (Lennon)
		"Stuck Inside a Cloud" (Harrison)
		"Uncle Albert/Admiral Halsey" (McCartney)
		"Early 1970" (Starr)
3.	Anybody Else	"Somedays" (McCartney)
		"One Day (At a Time) " (Lennon)
		"Monkey See – Monkey Do" (Starr)
4.	Sick to Death	"Gimme Some Truth" (Lennon)
		"All By Myself" (Starr)
		"The Devil and the Deep Blue Sea" (Harrison)
		"No More Lonely Nights (playout version) " (McCartney)
5.	Jenn	"Hard Times" (Starr)
		"Jet" (McCartney)
		"Teardrops" (Harrison)
		"God Save Oz" (Lennon)
6.	I'm Just Sitting Here	"Watching the Wheels" (Lennon)
		"Loser's Lounge" (Starr)
		"Give Me Love (Give Me Peace on Earth) " (Harrison)
7.	Soldier Boy	"Listen to What the Man Said" (McCartney)
		"Isolation" (Lennon)

8.	Over the Ocean	"You Are Here" (Lennon)
		"Back Off Boogaloo" (Starr)
		"Marwa Blues" (Harrison)
		"I Dig Love" (Harrison)
		"Heather" (McCartney)
9.	Days Like These	"Nobody Told Me" (Lennon)
		"Soft-Hearted Hana" (Harrison)
10.	Saturday Night"	"Cold Turkey" (Lennon)
		"P2 Vatican Blues (Last Saturday Night)" (Harrison)
		"Night Out" (McCartney)
11.	Mr Gator's Swamp Jamboree	"Momma Miss America" (McCartney)
		"Sunday Bloody Sunday" (Lennon)
		"$15 Draw" (Starr)

　　其實這個都市傳說在外國早已被破解，在美國著名討論區 Reddit 上的披頭四版面，也有詳盡的討論。而 James Richard 也同意 Everyday Chemistry 的歌曲和眾成員的單人歌曲雷同，但是他反駁說這可能是因為在另一個世界，他們也創作了同樣歌曲。無論如何，基本上已經無人相信披頭四從未解散這個說法，James 的網站也在近年關閉了。

This Man 夢中的男人

你有沒有夢見過這個男人呢？據稱自從 2006 年，全球已經有幾十萬人夢見過他，至今他每天仍然出現在數以千計的人的夢境裏，還有人特意為他建立網站，引發了一個全球效應。

這個傳說的起源來自互聯網廣泛流傳的一個故事。相傳在 2006 年，美國紐約一個精神病人對他的心理專家說，他不斷夢見同一個男人，但他在現實從來沒見過這個人。那病人還把男人的樣子畫給心理專家看。心理專家看了那幅畫，剛開始也沒有放在心上，只是順手把畫丟在桌面。直到有一天，另一位病人看到這幅畫，聲稱他也在夢裏見過這個男人。心理專家看到這個情況感到非常好奇，他把這幅畫給了同事和其他病人看，這群人中也有不少說曾經夢見過他。

之後，在網上陸續出現了關於「This Man」的 Facebook 專頁和專屬討論區，上面有無數的人聲稱自己夢見過這個男人：

「在兩年前我的爺爺突然中風去世，雖然我跟他並不是太熟稔，但全家人只有我沒見到他最後一面，始終有點遺憾。之後有一晚我

作了一個夢，在夢裏我和我的爺爺奶奶去了一家餐廳吃早餐。吃完後看見有一輛計程車停在餐廳門口等着我們，我和奶奶就送了爺爺上車，走之前我還抱着爺爺跟他道別。我看見計程車的司機就是這個男人，我知道他是特意帶我的爺爺來見我最後一面，但是不知道為什麼我看見這個男人的笑容就覺得很心寒、很恐怖。」

有另一個人甚至說他從小到大不停夢見這個男人：「我偶爾都會作同一個夢，我看見這個男人站着不動，他好像在說話，但是我聽不見他在說什麼。直到我在報紙上看到關於這個男人的報導，我嚇到都起雞皮疙瘩了。因為我第一時間就認出這是出現在我夢裏的男人。」

這些人做的夢，從美夢到惡夢都有。正如我剛才所說的兩個例子，大部分人都覺得這個男人會給人一種恐懼的感覺，即使這個男人在夢中的形象有時是友善或正面的。根據傳媒的統計，這個男人在美夢出現的頻率佔了百分之三十二，而在惡夢出現的頻率佔了百分之三十八。值得留意的是，有超過一成的人在夢裏曾經跟這個男人相愛，甚至是跟他發生性行為。也有一部分人說這個男人會在他們迷惘的時候，出來給意見或是指點他們。

關於這個都市傳說的解釋有很多種，但在互聯網上對這個現象的解釋，大部分都是以神秘學的觀點出發。這些觀點雖然很有趣，但是缺乏了實質的證據。有部分網民深信這個男人是真實存在的，

他透過某種超能力進入別人的夢境，從而獲得他要的資訊或操縱別人的想法，同時也有人認為他潛進別人的夢裏只是為了個人興趣。

這個猜測最大的疑點就是，他進入過這麼多人的夢裏，那應該會有人在現實中認出他來，所以一般相信這個男人在現實的樣貌和他在夢裏的並不一樣。

另一個猜測是說這個男人生活在另一個次元。因為有很多人在夢裏曾經受過他的指點，所以有一些人認為他就是神明或造物主的化身。

但是當然以上都不是這個都市傳說的真正解釋，其實這件事的真相比我們想像中更簡單。

起初令我覺得不對勁的是，為什麼在 2006 年前從來沒有人提及過 This Man 這個現象？我們都知道人類從上古時期就開始研究夢境，到 1900 年代心理學家佛洛伊德開始對夢境進行科學研究，到互聯網興起後出現無數的解夢網站。如果這個男人真的出現在數以十萬計的人的夢裏，而頻率之高足以令人困擾的話，那在這個情況之下沒可能到 2006 年才突然有這麼一大群人走出來說見過他。

唯一的解釋就是他在 2006 年之後才開始不斷入侵我們的夢境。

於是我調查了這個同樣在 2006 年出現的網站。這裏是第一個發佈 This Man 故事的地方，所以可以說整個都市傳說都是在這個網站開始的。我發現這個網站的域名，是由一家意大利公司註冊，而這家意大利公司擁有的另一個網站，就是一家名為 Guerriglia marketing 的廣告策略公司。

這家公司的部分工作就是製造一些惡作劇或者一些假新聞，來達到病毒行銷的目的。他的創立人叫 Luther Blissett，但正確來講他並不是一個人，而是一個團隊使用同一個網名。團隊的領袖叫 Andrea Natella，他是一個稱得上藝術家的市場策略師，在他的個人網站上記載了很多他廣受矚目的工作，其中一個就是 This Man。

而這個出現在幾十萬人夢境裏的男人，只是他用一個叫 Flash Face 的軟件拼湊出來的。

那他這次要行銷的是什麼產品呢？根據他個人網站的記載，原來是一部同名的電視劇，IMDb 上的資料顯示這套劇是由 Brian Bertino，一個挺有名的恐怖電影導演編劇和執導。

　　現在又多了一個問題，為什麼這麼多人都說見過 This Man 呢？根據心理學的精神分析理論，夢境是和潛意識溝通的管道。心理學家榮格曾經說過，每個人的潛意識裏都有一個形象，當你面對逆境和困難，或夢境的內容需要這個角色的時候，這個潛意識的形象就會被創造成夢中的人物。他可能會帶給做夢的人一些正面的信息，達到自我改善的作用。

　　因為 This Man 的面孔是用程式根據常見的人臉整合而成，所以第一眼看到這個男人的樣貌就會覺得很面熟。而最重要的是，人類根本很難記起在夢裏出現過的人物的樣貌。夢裏的大部分經歷都是由大腦幻想、創造出來的，要回想這些經歷的細節部分時，我們很有可能運用自己的想像力，去填補一些記不起來的地方。所以當有人在網上不斷提起，你是不是在夢境中見過這個男人的時候，你看到這個很熟悉的面孔，就很容易將夢境裏的某個人自行腦補成 This Man。

時空旅行潮男

如果你在 Google 圖片搜尋時間旅行，你得到的第一個結果就是這張照片，它一直被網民認為是時間旅行真正存在的證據。

當你第一眼看見這張 1940 年代的照片，你就會發現其中一個男人非常突出，他就是網民口中，一個很時髦的時間旅行者。對比照片中的其他人，很明顯這男人的衣着非常現代。他穿着一件我們平常都會看見的 T 恤、一件連帽外套和一副時尚的太陽眼鏡，而最重要的證據就是他手中的那台相機，跟我們平常用的數位相機是不是很相似呢？

這張照片經過網民的討論和發酵，變成了時間旅行的標誌。還有人推測他來自 2021 年的未來，回到八十年前是為了進行改變歷史的任務。當然也有網民質疑這張照片的真實性和是否有改圖的嫌疑，但這些問題很快就被解答了。

因為它的確是一張歷史照片。這張照片拍攝於 1941 年的加拿大，一個名為 South Fork 的城市，由當地的博物館所擁有。當時正在進行一條橋的通車儀式，同一個場景還有一張從另一個角度拍攝的照片，所以這照片並不是改圖或偽造的。

那麼難道這個男人真的來自未來？這件事的真相到底是怎樣的呢？

雖然看上去真的很時尚，但他戴着的太陽眼鏡其實不是二十一世紀的產物。根據我找到的資料，同款的太陽眼鏡是 1940 年出產的新產品。右圖這位模特兒在 1940 年 7 月拍的這張相片上，就戴着同款的眼鏡。

他穿着的這件所謂連帽外套，也只是當年在加拿大最流行的毛衣而已。

接下來是他手上的相機，很多人都認為小型的相機在那個年代不存在。他們覺得那時候的相機一定是很巨大、要用三腳架支撐着、幾分鐘才能拍成一張照片。

但是這些全都是網民的誤解。小型的手持相機在 1900 年代就已經發明出來了，將小型相機普及化的，就是現在還在售賣底片的柯達公司。到了三十年代，單眼相機的出現更將相機的外觀固定化。所以他手上這台相機，絕對不需要穿越時空就能買到。如果你仔細觀察，還能發現這只是一部很古老的風琴式相機，就算在那個年代也稱不上是潮物。

再說說他穿着的 T 恤，答案就更加簡單。其實是屬於一隊名為 Montreal Maroons 的冰球隊的隊服。冰球這種運動當時在加拿大非常流行，所以這個男人很有可能是 Montreal
Maroons 的粉絲，甚至是隊員之一。

不過就算這張相片並不是時間旅行的證據，也不代表時間旅行全盤被否定了。因為近年有科學家做了實驗，證實了時間和因果關係都有可能被逆轉，如果有機會，我會在 Youtube 頻道上為大家講解。

殺手傑夫

殺手傑夫（Jeff the Killer），一個臉色蒼白而且沒有鼻子的神秘怪人，據說他會在夜半三更出現在你的房間裏，然後將你殘暴地殺害。到底這個都市傳說的真相是怎樣的呢？

殺手傑夫的故事開始於一則虛構新聞。一個小孩半夜起床，看到傑夫拿着刀子站在他面前，小男孩極力反抗終於成功逃脫，並把他的經歷告訴警方。警方於是呼籲市民，如果看到這個可疑人物就必須儘快報警。

這個都市傳說還描述了傑夫化身為連環殺手的成魔之路。他原本是一個叫傑夫的十三歲男孩，剛剛搬到一個新的社區生活，不久便被附近的小孩欺凌。傑夫的媽媽希望他去參加鄰居舉辦的派對，藉此去跟欺凌他的人打好關係。結果派對當天欺凌他的人變本加厲，把傑夫的臉嚴重燒傷。傑夫撿回小命後失去了眼皮和鼻子，從此陷入了失常狀態。他殺死了迫他參加派對的家人，自此成為了殺人魔——殺手傑夫。

但與其說這是一個都市傳說，不如說它是一個恐怖故事更為適合。因為就算在這個故事的發源地美國，也沒有多少人相信殺手傑夫這個人物是真實存在的。拋開連警察都不知道他是誰又抓不到他、但又不知為何能這麼了解他的成長經歷、這種明顯得會被作者叫你「聽故不要駁故」的疑點不說，我今天要講解的，是隱藏在故事創作過程背後的另一個傳說。

雖然在大眾的認知當中，殺手傑夫的故事是在 2012 年才被上傳到著名恐怖故事網站 Creepypasta 上，但其實早在 2008 年 10 月，一個自稱是故事原作者的網民 Sesseur，就已經在他的 Youtube 頻道裏上傳了一段名為「殺手傑夫原始故事」的影片。

Sesseur 聲稱網上流傳的傑夫故事，包括欺凌、燒傷等都只是網民的改編。根據 Sesseur 故事的版本，傑夫是拿着一瓶酸性液體清洗浴缸的時候，不小心摔倒了導致臉部燒傷，他也不是什麼連環殺人魔。

Sesseur 的說法被大部分網民接納。即使過了這麼多年，整個故事已經被改編到體無完膚，出現了大量的二次創作，Sesseur 這個名字依然經常作為原作者被標示在殺手傑夫的故事下面。

但是有一部分網民不同意這個說法，他們堅稱在 Sesseur 張貼他的原始版本故事前，就已經看過傑夫的圖片。那到底殺手傑夫的的原作者還是不是 Sesseur 呢？這個備受爭議的起源引起了 4chan 超常現象版網民的注意。在 2013 年他們再一次對殺手傑夫的起源進行了深入調查。

4chan 的網民找到在一個叫 Newgrounds 的網站裏，有一位叫 killerjeff 的網民開過一則帖子，上面記載了另一個版本的殺手傑夫的故事，比 Sesseur 上傳的影片還要早兩個月。他們提出有可能這個叫 killerjeff 的網民才是相片的原創者，而 Sesseur 只是把圖拿走創造了另一個故事。

當時 4chan 的網民真的去了質問 Sesseur。可想而知，Sesseur 堅稱傑夫的故事和相片都是他本人的創作，並宣稱在

Newgrounds 的 killerjeff 也是他本人。就在網民接近死心的時候，調查又出現了峰迴路轉的變化。

有人提供資料表示殺手傑夫的起源，其實是跟一個叫 Katy Robinson 的女性網民的死亡有關。而證據就是一張 Katy 死亡後，後續討論的截圖。據稱 Katy 是在 2008 年初，在 4chan 張貼了幾張自拍相片，但是被網民大肆改圖取笑。因為 Katy 那時候的情緒已經很差，加上網民的欺凌，她終於承受不了壓力，最終自殺身亡。

4chan 的網民提出，killerjeff 的相片就是當年網民用 Katy 的其中一張自拍相片改圖而成，可惜因為 4chan 並沒有儲存這麼久之前的討論記錄，而要偽造一頁假的討論截圖雖然是很花時間，但絕非沒可能的事，我們始終沒辦法證明 Katy Robinson 這位女性是不是真實存在。

要了解傑夫的相片是不是改圖自 Katy 的自拍相片，就必須先查出在 Newgrounds 的 killerjeff 跟 Sesseur 是不是同一個人。

我看過了 killerjeff 發過的所有帖子，發現他有多次提到 Sesseur 版本的故事設定。而且我找到 Sesseur 的另一個個人主頁，發現他上傳的部分圖片 killerjeff 也有使用過，兩人的文筆和敘述的瑣事都極為相似。所以和 4chan 網民的主張不同，我認為 killerjeff 等於 Sesseur 這一點是毋庸置疑的。

但是這只代表 Jeff the Killer 的故事的確是由 Sesseur 所作，並沒有辦法肯定恐怖相片也是由他拍攝，在這裏我們不妨聽一下 Sesseur 本人怎麼說。2016 年他接受了一個網站的採訪，在訪問裏 Sesseur 堅稱 Katy Robinson 的傳說完全不正確，而殺手傑夫的相片是他本人自拍而成的，道具更用上了他親手製造的乳膠面具和塑膠眼睛。他只是用電腦對嘴巴的角度做了輕微的改動，令 Jeff 笑得更詭異。

那麼是不是代表這張相片一定是由 Sesseur 拍攝的呢？絕對不是。因為當他被要求拿出當日使用的面具或者面具的照片，他的答案是，無論面具本身、頭上戴的假髮，還是製作用的工具、材料、配件等，全都被他弄丟了，連一張相片都沒留下。對此他表示傑夫出了名之後，很多粉絲製作了更好的面具，他那個粗糙的面具也算不上是什麼了。

事實又是不是這樣呢？我找了 Sessuer 所講的乳膠製面具，發現無論是商業販賣的版本還是粉絲自製的版本，都沒有辦法完美還原一個沒有鼻子的殺手傑夫，更加無法做到無接口露出嘴唇的效果。

　　況且 Sesseur 這麼堅持自己就是相片的拍攝者，那他只需要再做一個一模一樣的面具就可以證明一切。當年只有十四歲的他也可以輕鬆做到的話，對於時年二十三歲的他來說應該更加輕而易舉才是，所以 Sesseur 的證言非常值得懷疑。

　　其實我們用軟件調整殺手傑夫相片的光暗對比度，就可以看見改圖的痕跡，所以 Sesseur 所說只有嘴巴修改過的說法更非事實。如果我們細心觀察 Katy 的相片的話，就能發現她的下巴長着一顆黑痣，同時 Jeff the Killer 臉孔上同一個位置也有這顆黑痣，因此我推斷 Jeff the Killer 的原型是這位女性的可能性非常之高。

　　與此同時，事件又出現了奇妙的新線索。這個新線索和另一個名為「NNN 臨時放送」的日本都市傳說有關。這個都市傳說包括一段影片，影片中出現了同一張殺手傑夫的相片。

但是，影片最早是在 2007 年上傳，比殺手傑夫誕生的 2008 年還要早一年。我確認了這段影片是真實存在的，對此我進行了更加深入的調查。我發現殺手傑夫相片出現的時間，比 Sesseur 創造出殺手傑夫原始故事的時間，還要早了兩年，2006 年左右就已經在 4chan 廣為流傳。這點更加證實了之前所說，Sesseur 絕對沒可能是相片的拍攝者。

為了查明真相，我直接聯絡了 Sesseur 本人，詢問他為什麼一段 2007 年的影片中會出現他在 2008 年拍攝的相片。他的答覆是他記錯了，他其實是在 2006 年拍攝這張相片，但是 2006 年 Sesseur 只有十二歲，客觀來講他不可能製作出這麼高質量的道具來拍下這張相片。

為什麼 Sesseur 要說謊呢？其實殺手傑夫這個人物可以帶來龐大的經濟效益。十年來已經有不少出版商和電影公司聯絡 Sesseur 商討改編殺手傑夫的故事。如果相片來路不明，很可能令人物形象的版權出現爭議。因此，Sesseur 必須堅稱相片是他本人拍攝。

既然解開了殺手傑夫起源這個謎團，那麼剩下的問題還有一個——Katy Robinson 的真正身分是誰。

有部分在 2005 年已經在上 4chan 的人說，網民是在 2005 到 2007 年，將喜歡自拍引人注意的 Katy，改圖成為一個白臉怪物。

這個證言不但再次證實 Sesseur 並非殺手傑夫相片的製作者，更為查清 Katy 的身分提供了非常重要的線索。

2017 年，我仔細研究了 Katy Robinson 存在的可能性，卻一無所獲。從各大社交網站，到各院校的社團、學系記錄，都完全無法找到她的一絲痕跡。4chan 的網民聲稱，Katy 在 2008 年 4 月自殺身亡，但是我找遍了各大新聞網站和檔案庫，也沒有尋獲相關新聞。

這並不代表沒有 Katy Robinson 這個人存在，事實上這張相片本身就是這位女性存在的最佳證據。我在 2017 年製作的影片中提出一個假設：她可能不叫 Katy Robinson，又或者她本人根本沒去過 4chan，只是被別人放了上去。

我的猜想在 2018 年成功得到證實。4chan 超常現象板的一位網民，從一個惡搞網站的舊電郵記錄中，找到了 Katy Robinson 的數張自拍相片和電郵地址。我用這個電郵地址搜尋，成功找到了她的 Twitter 和 Myspace 帳戶。原來，她的名字的確不是 Katy Robinson，而是叫做 Hxxxxxx Rxxx Wxxxx（為保護當事人，這裏不公開她的完整姓名）。

她在 2004 年捲入一場網絡罵戰之中，並慘遭「起底」，相片隨即被放到 4chan。先前提到她在 2008 年自殺去世一事，也只是

純屬虛構。證據就是她的 Twitter 和 Myspace 帳戶都是在 2009 年以後才開設,上面也有張貼她的近照。十幾年之後,她已經結婚,並且成為了孩子的母親,在美國西弗州幸福地生活着。

　　經過了歷時一年的反覆調查,我還原的都市傳說真相是這樣的:在 2004 年 Hxxxxxx Rxxx Wxxxx 因為罵戰,導致自拍相片被上傳到網絡之上。其後,網民將這位女性的相片轉載到 4chan 之上,被網民大肆改圖為白臉怪物,並將她的名字誤傳為 Katy Robinson。2008 年,網民以 Katy 家人的名義,捏造了 Katy 自殺的消息。不久後 Sesseur 用其中一張比較恐怖的改圖,創造了 Jeff the Killer 這個人物,張貼到他常去的網站 Newgrounds 上。之後他為 Jeff the Killer 添加了更多故事,還上傳了一段 Jeff the Killer 原始故事的影片到 Youtube。時至今天,故事經過了無數的改編而出了名,網民漸漸忘記了它的原始版本,使故事的起源成為了真正的都市傳說。

無表情的人

　　相傳在美國的一家醫院裏出現了一個神秘的女人。她像櫥窗人偶一樣木無表情,而且力大無窮,非常暴力。到底這個都市傳說的真相是怎樣的呢?這個名為 Expressionless、中文可以譯作「無表情的人」的都市傳說非常有名,以至在 Google 上搜尋無表情這個關鍵詞,得到的結果全是關於這個都市傳說。

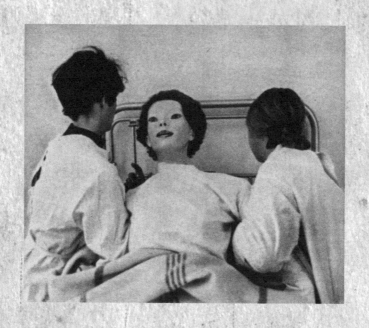

　　故事發生在 1972 年 6 月，一個神秘女人出現在美國加州的一家醫院。她的外觀猶如一個塑膠製的人偶一樣，完全不像人類，但是卻活動自如。她的臉上毫無瑕疵，就像化了很厚的妝，而且還沒有眉毛。

　　那女人剛進醫院的時候身上佈滿血跡，嘴上叼着一隻奄奄一息的貓。醫護人員馬上把她帶到治療室清潔。她在這段期間一直都保持沉默，沒有流露任何情緒。醫護人員見她行為反常，就打算把她扣留在醫院。護士正準備為她注射鎮定劑的時候，她突然激烈反抗，要兩個醫護人員用盡全力，才能把她按住。

　　即使她不斷扭動身體，她的臉上依舊是一點表情都沒有。據稱

這張相片就是醫護人員按住她的時候拍下的。之後那女人露出了一個詭異的微笑，其他人才發現她嘴裏並沒有人類的牙齒，取而代之的是一排排好像鐵釘的尖牙。

醫生嚇到問她：「你到底是什麼？」這個時候門外傳來警方趕到的腳步聲，木無表情的女人突然撲到醫生身上，咬破了醫生的脖子，在醫生的耳邊說了一句：「我是神。」那女人說完就離開了醫院，無影無蹤。

其實大家看看相片，眼尖的讀者應該已經發現相片裏的兩位醫護人員，並不是在把無表情的人按到床上，反而是在扶她起來。那到底這個都市傳說的真相是怎樣的呢？

根據我的調查，這個故事第一次出現在 2012 年，最先是張貼在著名恐怖故事網站 Creepypasta 上。而這個故事的原作者，是一位叫 Tom Lever 的業餘作家，在他的個人主頁上還可以找到他的其他作品，所以可以肯定無表情的人這個故事只是虛構的。

但光說這個故事是假的，各位讀者一定會問，那這張相片是哪裏來的？其實這張相片絕對不是改圖。事實上，相片裏這個木無表情、彷如人偶的女人是真實存在的，她的真實身分就是——一個真的人偶。

其實，這是一個護士學校訓練用的假人，在她身邊照顧她的是兩個護士學生。而這張相片是在 1968 年，由著名的英國攝影師第一代斯諾登伯爵安東尼查爾斯羅伯特阿姆斯特朗瓊斯拍攝。為什麼他的名字那麼長？因為他是英女王的妹夫，也就是英國貴族。

話說我找了幾張彩色的人偶相片隨便加上了黑白濾鏡，效果看起來還蠻恐怖的。

電視台的死亡預告——NNN 臨時放送

　　NNN 臨時放送是日本都市傳說中的一個電視節目。傳說中提到在 1985 年某個深夜，一位男子打開了電視，無意中看到一個標題為 NNN 臨時放送的節目。節目的場景是一個垃圾場，隨着陰森的音樂響起，畫面出現了一段像是電視劇片尾工作人員的名單，一把沒有抑揚頓挫的聲音讀出名單上的人名和年齡。這個節目持續了大約五分鐘，最後聲音讀出：「明日的犧牲者是這些人，請安息。」

　　2007 年，影片網站 NicoNico 和 Youtube 上分別出現了幾個名為 NNN 臨時放送的影片，被網民認為是 1985 年片段播放時的錄影。影片中，不但出現了一連串的人名，更不時閃過一個蒼白的面孔，這個面孔就是先前提到的殺手傑夫的相片。這條影片不斷被網民轉載，總點擊量至今已超過兩百萬。在日本，有不少網民認為節

目是某邪教的通訊聯絡，「犧牲者」則是該邪教成員需要殺死的目標。也有人認為該片段是一個超自然現象，它預測了第二天會死亡的人。

我調查了日本各討論區十七年前的帖子，發現這個節目第一次被網民提起是在 2000 年，2ch 討論區的電視節目板，一個名為「不知為何覺得恐怖的電視節目」的帖子上。這個帖子收集了很多用常理來看不恐怖，但是因為觀看時年紀太小等原因，而留下不安印象的新聞和節目。NNN 臨時放送這個都市傳說本來沒有引起廣泛的迴響，可是故事在 2003 年傳進 2ch 超常現象板，那裏網民不斷討論這個節目到底是不是真的存在，並且一再為故事背景添油加醋，才引致這個都市傳說爆紅。

要理解這個都市傳說的真相，我們還需要明白 NNN 是什麼。它是一個由眾多電視台組成的新聞聯播台，全名是 Nippon News Network，以播出新聞節目為主。根據超常現象板網民的討論，在 1985 年 NNN 的確播映過類似的影片。那一年，在日本發生了一場嚴重的空難——日本航空 123 號班機墜落事故，這場空難共造成五百二十人死亡。由於失事現場位於山區，加上猛烈撞擊，令許多遺體失蹤或無法辨認。事故後，以 NNN 為主的新聞聯播網便在主要節目播放完畢的深夜，播出未被確認的犧牲者名單。但是當時看到這個節目的網民還很年幼，對節目的因由不太理解，長大後記憶便出現了混亂。

那麼它又和殺手傑夫有什麼關係呢？其實，在 NicoNico 和 Youtube 上流傳的影片，並非 NNN 播出的原始片段，而是 2ch 超常現象板的網民在 NNN 臨時放送爆紅後，根據都市傳說的內容自行製作的。他們加上了當時頗為流行的殺手傑夫相片和其他幾張恐怖相片作為噱頭。殺手傑夫的出現更加證實了影片絕不可能是 1985 年的產物。

事實上，早在這個都市傳說還沒有那麼出名的 2003 年，超常現象板就有網民用 Flash 軟件製作出模仿這個節目的動畫，只是當年還沒有 Youtube 和 NicoNico，所以影片沒有流傳出去。這個舊版影片依然能在互聯網上找到。

章魚哥自殺都市傳說

章魚哥——美國著名動畫片海綿寶寶的角色，有着一個非常恐怖的都市傳說，這也是很多觀眾要求我講解的都市傳說。

故事發生的時間是 2005 年，主角是一名在海綿寶寶的製作公司 Nickelodeon Studios 工作的實習生，他工作時可以接觸尚未播出的海綿寶寶影集，所以才會發現這段被抽起的章魚哥自殺影片。他還聲稱第四季的海綿寶寶，因為這個自殺影片的原因而延遲播出。

當時，事主正和主剪接師、音效師，以及另外兩名實習生，在為第四季名為「蟹堡恐懼症」的一集，進行最後的剪輯工作。如果各位有觀看這部動畫的習慣，都會發現動畫中經常會在場景之間，插入有趣的文字作為過場。這天他們打開影片之後，發現開頭的文字過場竟然是「章魚哥自殺」。

一開始他們並沒有在意，認為這只是動畫師的惡作劇。動畫一開始也沒有什麼不妥，輕鬆的音樂如常響起。影片一開始，章魚哥在自己的店裏，為了晚上要參加的演奏會練習着單簧管，但是卻遭到其他角色的取笑。畫面一轉，他的演奏會已經結束，從這裏開始，影片開始變得不正常。

首先，只是一些畫幀出現重複。然後，坐在觀眾席的角色和他的朋友們，竟然不斷對章魚哥發出噓聲。這種噓聲不是一般的卡通表現，而是充滿惡意。更詭異的是，畫面中台下觀眾的眼睛，都是非常真實的人類眼睛，畫風和過往完全不同。事主和他的同事面面相覷，大家都感到毛骨悚然。

畫面一轉，來到了章魚哥的房間。他表現得非常傷心，不斷抽泣。事主形容他的哭聲充滿了憤怒和憎恨，這不是章魚哥原本應有的聲音。最可怕的是這個哭聲非常真實，就好像不是從喇叭中傳出來，而是真的有人在耳邊哭泣一樣。在哭聲背後還隱隱約約傳來陣陣笑聲。

這個片段持續了大約三十秒，畫面開始變得模糊、劇烈扭曲，不時還會閃出一兩幀奇怪的畫面。為了看清楚這畫面的真面目，主剪接師暫停了影片，用慢鏡逐幀播放。

　　然後，眾人看到了可怕的景象——一個孩童屍體的相片。他看起來不會超過六歲。躺在血泊之中的他，只穿着單薄的內衣褲，臉孔和腹部都受了極嚴重的傷害。他們還在相片中看到拍攝者的影子，這個人應該就是殺害小孩的兇手。

　　雖然剪接室中的人都嚇得目瞪口呆，但是他們還是繼續播放影片。畫面回到了章魚哥的鏡頭，他抽泣得更大聲了。這時，他的眼睛開始流出鮮血，不是那種卡通的形象，而是立體、真實的血液，就像你用手去觸碰它會把你的手指染紅一樣。又過了大概二十秒，畫面出現了第二幀相片，這張相片中是另一個小孩倒臥在血泊中，同樣受了重傷。

　　章魚哥終於不再抽泣了，他的觸手垂了下來，用他流着鮮血的眼睛盯着鏡頭，彷彿他也看得見觀眾。

　　畫面突然又蹦出第三張相片，也是一張血腥的屍體照片。這個男孩和之前兩個差不多年紀，但是身上的傷口明顯不同，所以推斷是第三個受害者。在這之後還是章魚哥盯着鏡頭的畫面，過了差不

多三秒，它突然用不屬於它的低沉聲音說了一句：「動手吧。」然後拿起一把霰彈槍放進嘴裏，開槍。影片的最後五秒一直映着它的屍體，直到畫面陷入一片黑暗。

這個都市傳說聽起來非常真實，我們也可以在 Youtube 上找到這一集的片段，影片畫風和分鏡都如同真正的動畫片一樣流暢，那麼到底這個都市傳說是不是真的？

其實，這個都市傳說是充滿疑點的。首先，都市傳說提到海綿寶寶第四季因為這個自殺影片事件而延遲播出。但是根據我的調查，海綿寶寶每一季之間都會相隔六至七個月的時間。第三季是在 2004 年 10 月 11 日播映完畢，第四季則是在翌年 5 月 6 日開播，相隔只有不到七個月，並無延遲的跡象。在兩季之間更上映了一次劇場版，可見此影片影響海綿寶寶製作進程的說法毫無根據。

另外，相信很多人都看過 Youtube 上找到的那段章魚哥的自殺影片。它被認為是都市傳說中的實習生上傳的原始檔案。但是，我們只要仔細觀察就可以發現，這段影片是由其他集數的片段合成的，其素材是從第一季到第四季的海綿寶寶動畫剪輯而來。

雖然流傳的影片真的和都市傳說一樣加插了數幀靜止畫面，可是如果這條短片是真實的，那些畫面應該會是兒童的屍體，相片的

清晰程度也應該足夠我們看出遇害者的年齡、身體上的傷口和拍攝者的身影。但是實際上，我們根本看不出片段中這些相片是什麼，只是一團模糊。

　　其實，這個都市傳說的原上傳者早已在討論區 Reddit 上承認，故事是他憑空杜撰，靈感來源是另一個都市傳說「老鼠自殺事件」，而那條影片也只是網民根據他的故事製作而成，真實的影片根本不存在。

Slenderman 瘦長人

　　Slenderman，這個 Creepypasta 裏最有名的故事，可以稱為互聯網中最受歡迎的都市傳說，說它是現代恐怖故事的標誌也當之無愧。它曾經被改編成電影、小說，也經常在各大角色扮演會場出現。

　　經過網民多年的發酵，不止是在網上，就連現實都有不少人相信這個身高八尺、背部長滿觸手，並且會抓走小朋友殺害的西裝怪叔叔是真實存在。在 2014 年美國威斯康辛州，一名沉迷 Slenderman 故事的十二歲女童，為了「討好」Slenderman，將她的朋友帶到森林殺害。她深信這是對 Slenderman 的獻祭儀式。

　　但是老實說，我認為要講解這個都市傳說的真相非常困難，最主要的原因是我們只要在 Google 搜尋 Slenderman，結果的第一個網站的頭一段文字就已經講解了這個都市傳說的「真相」。

　　它是由一個網上討論區 Something Awful Forums 的會員 Eric Knudsen 在 2009 年創造出來的。Eric 的靈感是來自在美國廣為流傳的恐怖故事影子人（shadow person），以及《鬼追人》（*Phantasm*）系列電影的中，同樣穿着西裝、又瘦又高的神秘男人「Tall Man」。原作者也表示，著名恐怖故事大師 H. P.

Lovecraft 給了他創作靈感。我們在 Slenderman 身上可以看到 Lovecraft 創作的角色奈亞拉托提普（Nyarlathotep）的影子，尤其是奈亞拉托提普長有黑色觸手、會幻化成身形瘦高、身穿黑色西裝的人類及誘騙他人這些特徵，與 Slenderman 非常相似。

根據資料，Eric 是為了參加一個以靈異為主題的改圖比賽而創造了這個角色。這個角色很快就在網絡上爆紅，主要是因為在討論區中有大量的網民為它添加了大量的設定和故事情節，成為了一個典型的集體創作人物。Slenderman 背後的種種謎團，也讓它很容易就融入眾多恐怖故事之中，這就是它快速成名的原因。

我相信大部分人看到這些資料都會死心，不會再繼續追查下去。不過各位要明白，即使網站是引用了幾份報導和訪問，但是 Eric Knudsen 始終是單方面聲稱他是 Slenderman 的創作者。當年他在論壇創造出 Slenderman 的帖子早已失效，加上他本身並不是一個知名作家，在缺乏這些物證的情況下，我們是很難完美地說服所有人。

直到我終於找到關鍵的證據。

要真正證明 Slenderman 只是虛構，就必須從它的故事開始分析，去找出破綻。根據都市傳說，Slenderman 經常出沒於森林地區。他會跟蹤、甚至綁架殺害小朋友。

這張相片就是當年改圖比賽產生的作品，故事背景是在 1986 年美國加州的史特靈市（City of Stirling），是當地的攝影師 Mary Thomas 在追查一宗連環失蹤事件的時候拍下的，而她本人也在當晚不幸失蹤了。

　　警方找到她的相機，並獲得了很多拍到 Slenderman 的相片。一星期後儲藏這批相片的圖書館離奇被大火燒毀，最後只有兩張相片被保留了下來，所以其中一張相片的右上方印着那所圖書館的標誌。

換句話說我們只要證明這張相片是改圖，就可以肯定 Slenderman 只是創作物。我首先調查的是這個被火燒毀的圖書館有沒有存在過，但我立刻發現這個標誌上寫着的史特靈市根本不在加州，而是位於澳洲西部的柏斯（Perth）。證據就是當我搜尋澳洲的史特靈市政府網站，發現了大量印有同樣標誌的歷史相片。所以這張相片很明顯是在澳洲拍攝。

充滿夢想的我這個時候依然抱有一絲希望。會不會整個 Slenderman 事件其實是在澳洲發生的呢？

為了查明這個都市傳說的真相，我聯絡了澳洲檔案館的職員，碰巧儲存這部分檔案的設施正在裝修。離奇的是，等到設施重開，職員回覆我說照片早已不在他們手中。我之後委託在澳洲的好友親自拜訪當地，最後終於透過職員查到了照片拍攝者的一些資料。但是，他們早就搬走了，這也沒辦法，畢竟他們把照片交給檔案館是九十年代的事了。

結果我只好用近乎人肉搜尋的方式查找，更麻煩的是，拍攝者似乎沒有使用互聯網的習慣。所幸拍攝者的女兒仍住在柏斯，我才能輾轉聯絡到他們，並且取得這張無水印的原版照片。

其實，這張相片只是一位澳洲市民在 1979 年為他女兒拍攝的生活相片，在這張相片上我們找不到任何 Slenderman 的蹤影，因此很遺憾地 Slenderman 並不是澳洲人。

另外有兩張圖畫裏分別畫了一隻有很多隻手的瘦長怪物，被認為是 Slenderman 曾經在古代文學出現的證據。但是當然，他們都只是合成圖片，如果我們仔細點看，還會注意到改圖的接口位置是非常粗糙的。

Der Ritter.

　　我們現在總算可以肯定 Slenderman 是純屬虛構。但是為什麼
這麼多人聲稱自己看過 Slenderman 呢？靈學家認為當一個存在被
創造出來之後，有機會透過強大的意念而具象化，甚至獲得實體。
這個理論是來自西藏的 Tulpa Effect，中文叫幻人效應。對於這個
效應，還有很多深奧的心理學和玄學的理論要講解，有機會的話我
會做成影片上傳到我的 Youtube 頻道上。

真實發生過的都市傳說？
綠人隧道的無臉查理

　　當我們發掘愈多都市傳說的真相，愈覺得大部分都市傳說都是

虛構的。可是，還是有一些都市傳說，它的一部分是基於事實。這次要說的都市傳說就是綠人隧道的無臉人。

　　許多年來，美國賓夕法尼亞州西部一直流傳着一個故事——一群年輕人駕車來到一條荒廢的隧道玩試膽遊戲。他們關上車燈，靜靜的坐在車廂內。在這個時候，他們聽到重重的腳步聲和低沉的呻吟聲。其中一個人打開車燈，看到一個沒有五官、嘴巴裂開的怪物站在車前，他的臉部是腐爛的慘綠色。年輕人立即開車逃走，怪物更跟在後面追了很長的一段路。這個故事散佈出去以後，有不少傳聞稱一個無臉的綠色怪物，經常在深夜獨自徘徊在 351 公路之上，當地居民將其稱為「綠人」或是「無臉查理」。「綠人」的都市傳說在五、六十年代經報紙和電台在美國流傳，時常有市民駕車到 351 公路，為了一睹「綠人」的真面目。直到現在，相傳「綠人」曾出沒的隧道，還有不少關於都市傳說的塗鴉。

正如之前所說，「綠人」是實際存在的，但是他的真正身分不是什麼怪物，而是一個身世悽慘的老人。他的真名叫 Raymond Robinson，在 1910 年出生。在他八歲的時候，他爬到橋樑的電線桿上查看一個鳥巢，可是不小心碰到了高壓電線。數千伏特的電力通過他的身體，雖然只是短短不到一秒，但已足以讓他的身體嚴重燒傷，墜落地面。當時連救助他的醫生都認定他無法存活，但是頑強的 Raymond 奇蹟般地活了下來。只是，燒傷帶給了他永遠無法磨滅的傷痕。他不但切除了左手，還失去雙眼和鼻子，連嘴巴也因為多次植皮重塑而變得扭曲不已。受傷後，他和母親搬到了 351 公路通過的小鎮 Koppel。

Raymond 的新鄰居對他並不友善，不少人都很懼怕他的外觀。因此，他也很少在日間活動，反而是在深夜才會出門。因為本來他就沒有視力，所以白天還是夜晚出門對他來說沒有分別。他時常沿着 351 公路行走，並且漸漸學會了辨別方向的方法——一隻腳踩在行人路上，另一隻腳踩在公路上，使他在一片黑暗中能沿着正確的路徑走到鄰鎮，然後再循原路走回來。

因為 Raymond 長時間沒有曬太陽，所以他的皮膚非常白，加上他有時會穿着綠色的衣服，令到在附近目擊到 Raymond 的駕車人士，以為他是有着綠色皮膚的怪物。久而久之，綠人的故事傳了出去，就連 Raymond 也知道自己已經成了名人。事實上，Raymond 是一個非常友善的人，他不但會和不害怕他的人親切聊

天，甚至一些慕名而來的人要求與他合照，他也來者不拒，還會擺出不同的 pose 呢。1980 年，年屆七十的他搬到療養院生活，最終於 1985 年去世。

兔子人

兔子人（The Bunny Man）也是一個非常有根據的都市傳說。這個都市傳說有兩個主要版本——1900 年代版本和 1970 年代版本，其內容都離不開一個連環襲擊市民的殺人魔，但是其細節有很大不同。

首先我先講解 1900 年代版本的傳說。在美國維珍尼亞州克里夫頓有一所歷史悠久的精神病監獄，該監獄在 1904 年因區內居民反對而關閉。在轉移囚犯的過程中，其中一輛囚車發生事故，有十名囚犯逃出。當地政府派出大量警員搜索，最後只找回九名囚犯，

唯獨一個名為 Douglas J. Grifon 的囚犯下落不明；他在復活節殺了自己的家人和孩子，而必須在監獄中接受治療。

　　過了一陣子，當地居民發現大量兔子的屍骸懸掛在各處的樹上，兔子身上有啃食過的痕跡。警方再次於附近展開搜索，發現在一條橋下懸掛着一具男性的屍體。這位死者名為 Marcus Wallster，他的屍體和之前發現的兔子一樣，都有被啃咬過的痕跡，當地居民將這個殺人魔稱為兔子人，而那條懸掛着屍體的橋則稱為兔子人之橋。

　　警方在連日搜索之後，成功找到了 Douglas J. Grifon。經過一輪追逐，他走到了火車軌道之上，有警察看到他被火車碾過。不過，火車通過之後，大家都聽見兔子人不懷好意的大笑聲。他的下落成為了一個謎團，有傳聞兔子人一直隱居在當地，只要一不小心就會被他殺死，懸掛在橋樑之下。

那麼，到底這一個版本的兔子人都市傳說是否屬實呢？美國歷史學家 Brian A. Conley 曾經對 1900 年代的兔子人傳說進行過詳細調查，輕易就破解了這個都市傳說。首先，在克里夫頓根本沒有精神病監獄，唯一一所普通監獄也是在 1910 年後才建立，與故事發生時間相隔十年。其次，根據當地法庭記錄，從來沒有一個叫 Douglas J. Grifon 的人被控謀殺。這個版本的都市傳說，最終被證實是在 1999 年張貼在名為 Castle of Spirits 的網站上的一篇恐怖故事，由 Timothy C. Forbes 所作，經由福斯電視台的《世上最恐怖的地點》節目廣泛傳播。

　　破解了這一個都市傳說，並不代表整個兔子人都市傳說都是虛構。1970 年代的兔子人傳說，背景和細節都和 1900 年代的有很多相異之處。最大的分別就是，1970 年的兔子人是穿着兔子服裝來殺人的。這個版本的情節錯綜複雜，與很多真實事件有關，更曾經多次登上新聞，因此應視為獨立的傳說看待，必須分開調查分析，才能獲得完整的真相。

　　根據 1970 年 10 月 18 日的《華盛頓郵報》報導，維珍尼亞州費爾法克斯的深夜，空軍學院的準軍官 Robert Bennett 和他的未婚妻在他們的座駕裏聊天的時候，車子的右前窗突然被硬物砸破。黑暗中，兩人隱約見到一個穿着兔子服裝的男子向他們大喊：「你們正在私人土地之內！」試圖將他們趕走。兩人立即開車逃跑，其後在車輛的駕駛座上找到一把手斧，相信兔子人就是用它砸破玻璃窗的。

Man in Bunny Suit Sought in Fairfax

Fairfax County police said yesterday they are looking for a man who likes to wear "white bunny rabbit costume" and throw hatchets through car windows. Honest.

Air Force Academy Cadet Robert Bennett told police that shortly after midnight last Sunday he and his fiancee were sitting in a car in the 5400 block of Guinea Road when a man "dressed in a white suit with long bunny ears" ran from nearby bushes and shouted:

"You're on private property and I have your tag number."

Then the "rabbit" threw a wooden-handled hatchet through the right front car window, the first-year cadet told police.

As soon as he threw the hatchet, the "rabbit" skipped off into the night, police said. Bennett and his fiancee were not injured.

Police say they have the hatchet, but no other clues in the case. They say Bennett was visiting an uncle, who lives across the street from the spot where the car was parked. The cadet was in the area to attend last weekend's Air Force-Navy football game.

就在事件發生兩個星期之後的萬聖節前夜，私人保安人員 Paul Phillips 同樣在費爾法克斯見到一個穿着灰白色兔子服裝的男子，出沒在空置的房屋中。他拿着一把大斧威脅道：「如果你不快離開，我會打爆你的頭！」正當 Phillips 想要回到車上去拿他的手槍的時候，兔子人便朝森林方向逃去。

費爾法克斯警方接手調查事件，我有幸可以一覽官方調查報告。當日，局方派出六名警員搜索，可惜他們並沒有在森林中發現

兔子人的蹤跡。過了幾天，警方人員收到一個報案，報案人聲稱接到一通電話，是由自稱「拿斧頭的人」打來的。「拿斧頭的人」在電話中指控報案人在他的土地上搗亂，傾倒廢棄的樹幹和樹枝，他希望報案人今晚可以出來討論這些事情。警方相信「拿斧頭的人」就是當日逃去無蹤的兔子人，於是展開誘捕行動，在約定地點埋伏了大量警員，但是兔子人始終沒有出現。

其後，兔子人出現的消息傳了出去。警方調查了附近的學校，有不少學童自稱了解兔子人的真實身分。他們指出，兔子人是一個年紀稍大的年輕人，這點和電話中兔子人的聲線吻合。不過，始終沒有證據證明兔子人到底是誰。負責調查的警員在報告中特別寫到，他們甚至無法肯定疑犯是否真的穿着兔子服裝。

警方的調查沒有給出可靠的結論，但是我們還是可以從其他方向調查。我首先考慮的是，直到二戰結束為止，費爾法克斯都是一個以農業為主、自然環境非常優美的村莊。1960 至 70 年代，當地正在加速進行都市開發，對於原居民來說這是非常嚴重的滋擾，因此時有政治團體以防止破壞環境為由致力反對開發。兩宗在費爾法克斯的目擊個案中兔子人都將目擊者驅離，更指控有人非法丟棄木材，這是不是意味着兔子人是某個激進團體所扮演的呢？我調查了 FBI 的犯罪調查記錄，發現當地的政治團體除了示威遊行外，並沒有做出過激的行為，之後兔子人也沒再出現過，這個猜想似乎不太可靠。

可是，我在調查美國民間組織時無意中發現了一幅激進種族團體3K黨的勢力分佈圖，當中可見費爾法克斯是在其勢力範圍之內。

　　我進一步翻查暗網的資料庫，收集到1960至70年代FBI的文件，證實費爾法克斯確實是3K黨的一大據點之一。FBI分別在1966年和1967年調查過在費爾法克斯活動的3K黨，因為當年正值美國非裔人權運動蓬勃發展的時期，與非裔族群對立的3K黨員，在費爾法克斯引發過多宗衝突和私刑案件。資料顯示，當地警方亦曾參與搜捕行動，更繳獲大量武器，其中包括兔子人曾使用的長斧。除此以外，匿名者取得的資料中也顯示，有不少3K黨成員居住在當地。就在2017年，當地一位牧師亦被揭發為3K黨成員，FBI在1977年的文件記載他曾經寄出多封恐嚇信件給一名學生。眾所周知，3K黨的服裝是全身白色，並且戴有一頂尖帽子。基於1970年代兩宗兔子人事件都是在夜晚昏暗的地方發生，而且第一

個事件中軍校生的未婚妻也指出，他們見到的人可能頭戴 3K 黨帽子。我認為，目擊者其實是遇到在附近私人土地活動的 3K 黨成員，將其所戴的尖帽子誤認為兔子耳朵，因此形成了兔子人這個都市傳說，這種可能性非常之大。

第五章

古怪行為與離奇死亡
——藍可兒事件

2013 年 1 月，一名二十一歲的加拿大華裔女子 —— 藍可兒（Elisa Lam），獨自踏上了一次長途旅程。她的目的地是美國加州，聖克魯茲的世界有機農場機會組織。她從溫哥華來到了聖地亞哥，再於 1 月 28 日抵達洛杉磯，入住了洛杉磯市中心的塞西爾酒店。這間酒店建立至今已經有八十九年的歷史。然而，酒店所在地點治安甚差，歷年來該酒店附近不斷發生兇殘、離奇的殺人事件，這裏最終成為了藍可兒的葬身之地。

藍可兒在洛杉磯期間，每天都會打電話與家人聯絡，可是從 1 月 31 日起便失去聯絡。家人很快便報警求助，然而警方經過連日搜尋都沒有結果。2 月 6 日，藍可兒的一位朋友在網上貼了一張藍可兒寄給她的明信片，明信片上有藍可兒的簽名。最受傳媒注意的是，明信片上寫着「這令我毛骨悚然」（It is creeping me）和「朝

聖」（pilgrimage）等奇怪的詞語，很多人認為這是藍可兒參與了
邪教儀式的證據。

　　2月13日，警方公佈了藍可兒在酒店電梯內的監控錄影片段。
在影片中，藍可兒做出許多詭異的動作。她進入電梯後，立即按下
每一層的按鈕，可是電梯門並沒有隨之關閉，大約二十秒之後，她
又將頭伸出電梯門查看，然後迅速縮回電梯中；之後她又快速進出
電梯多次，並且躲在電梯的死角處向外窺探，期間電梯門一直是打
開的。

　　不久，藍可兒再一次按下了電梯的所有按鈕，並且走出電梯，
對着電梯大堂的右方做出手舞足蹈、怪異的動作。期間她不斷做手
勢比劃，像是在和誰溝通一樣，也有網民看出當時藍可兒面帶笑
容。又過了十多秒，她便向電梯大堂的左方走去，離開了監視器的
範圍，再次被發現時已經成為了一具冰冷的屍體。

這部影片釋出後立即引起了網民和傳媒的注意。有不少人分析，影片中藍可兒並沒有按過開門鍵，電梯門沒有關上是因為電梯在監視器沒有拍到的門外被跟蹤者按停，也有人覺得是電梯門發生故障，甚至有一些靈異傳聞隨之而生。

　　「藍可兒不斷進出電梯是為了躲避某個跟蹤者」這個說法，獲得了被譽為「華裔神探」的李昌鈺博士的肯定：「她按下電梯每一層按鈕，是因為覺得後面有人跟蹤她。每一層都按一按，對方就不知道她住哪一層，這是非常聰明的做法。藍可兒把頭伸出去看時，動作雖然誇張，但她其實是在看電梯門外有沒有人在監視她。」難道這就是事件的真相嗎？

　　藍可兒失蹤近三周後的 2 月 19 日早晨，有客人抱怨水壓過低，部分房間的水龍頭更流出惡臭的污水，酒店於是派出維修人員 Santiago Lopez 前往樓頂水箱檢查。

據報紙報導，水箱呈一圓柱體，連底座高約四米，直徑約兩米。維修人員於水箱內發現一具女性屍體。屍體是全裸的，表面出現腐爛跡象。有中文報章甚至稱屍體被發現時四肢異常扭曲。由於屍體已經發脹，難以通過頂部約一米乘一米的人孔，警方只好在水箱側邊開孔移走屍體。

　　傳媒對藍可兒之死的追蹤報導熱潮，自藍可兒屍體發現的一刻便迅速減退。直到洛杉磯警方的調查報告出爐，模棱兩可的結論才再一次引發社會對這場慘劇的興趣。圍繞着藍可兒神秘死亡事件，在互聯網上流傳了許多情節豐富，但真實性存疑的都市傳說。網民普遍認為藍可兒的死亡非常詭異，必然是被人害死；警方有可能是受到了神秘勢力，如邪教、政府的壓力，才被迫隱瞞真相云云。

從懷疑開始分析藍可兒事件

　　我發現許多人單從警方提供的影片中藍可兒的怪異表現分析這一事件。這是非常合理的，因為警察是很少會主動放出線索請求公眾協助的，這條影片自然而然吸引了大家的目光。但是必須強調的是，警方提供的片段只是其中一道線索，單憑這一線索並不足以還原事件的真相。我在分析這個案件時，除了新聞報導等資料外，還參考了洛杉磯警方的調查記錄、報告、法庭記錄以及酒店員工的訪談。我們必須用宏觀角度分析案發時的整個環境，分辨傳聞和事實，才能看清這場慘劇的本質。

　　首先，李昌鈺博士的理論雖然聽起來有道理，不過卻未必正確。這不是質疑他在法醫學上的成就，而是正如他本人所說，他並沒有參與此案，也不瞭解警方內部的第一手資料，只是透過媒體提供的線索作出推測。這也是為什麼他的理論未能完美解釋藍可兒的動作。比如說，如果電梯門是被人在外面按停，這個人一定是在藍可兒的視線範圍之內，因為該按鈕就在電梯門口的牆壁上，她在這個人面前做出窺探、躲藏、跳出跳入的動作就毫無意義了。所以可以推斷，電梯並沒有被人按住。

　　第二個疑點是，如果藍可兒正在被某個圖謀不軌的人跟蹤，她是為了掩人耳目才按下每一樓層，那麼這個人肯定是為了躲避電梯中的監視器而不敢走近，不然他只要衝過來把藍可兒拖走就可以了。但這就解釋不通為什麼藍可兒會離開相對安全的電梯。正如李昌鈺博士所說，藍可兒是個聰明人，她不可能離開監視器的範圍走向危險。

　　她當時大可以直接搭乘電梯來到地面大堂再通報警方，或者留在監視器的範圍內，按下警報按鈕等酒店派人上來。可是很明顯的，藍可兒最終選擇自行離開電梯。驗屍報告中也已證實，她不是被人強行拖走或被下藥，這點我會在之後的篇幅繼續講解。

圍繞藍可兒事件的神秘傳說

　　事實上，前文提到的明信片只顯示出了部分文字。在明信片中除了提到有東西讓藍可兒害怕外，在同一段落其實還出現美國男性演員雷恩葛林斯（Ryan Gosling）和他所演的電影《落日車神》（*Drive*）等字眼。配上「朝聖」（pilgrimage）一詞，我們幾乎可以肯定，藍可兒是想去《落日車神》的拍攝地朝聖，該電影其中一個重要拍攝地點，距離塞西爾酒店只要數分鐘車程。

　　媒體經常強調酒店頂樓出口的門是有警鐘的，一旦推開就會鈴聲大作，所以藍可兒無法在不驚動酒店職員和住客的情況下來到頂樓。但是這些資料是不正確的。雖然酒店職員在法庭上已經表明，酒店的頂樓的確是有警報設備，經過測試也運作正常，可是這些證人都是受僱於酒店的工程師，他們證供的可信性並不太高，因為一旦法庭確定是他們失誤導致藍可兒誤闖酒店頂樓，不但酒店本身要支付巨額賠償，連這些證人也難辭其咎。

　　我們姑且不論證供的可信性，其實在酒店的外牆，就有三條火警用的緊急懸梯。它們並沒有上鎖也沒有警報，僅貼上「只供緊急用途」等免責字句。所以我們可以判定藍可兒是能夠獨自前往頂樓。在事後，有不少來到案發地探險的網民，都拍攝過輕易爬上頂樓的過程。

　　另外，有傳聞說藍可兒是無法獨自打開水箱的上蓋，因此她是被人謀殺，這也是不實的。據調查，水箱蓋約重十至十二公斤，藍可兒不是要將其舉過頭頂，只是將其掀起而已，隨便一個人都能做到。

　　Youtube 上有一位網民在藍可兒死亡事件發生之後，去到了案發酒店探靈，並把過程製成影片。他入住了酒店四樓一房間，並且聲稱同層的 412 室就是藍可兒曾經住過的房間。他設置了一些錄影和錄音器材，很快就在房間中錄到一些雜音，他認為那是個女性幽靈說話的聲音。我們先不探討酒店中是否存在鬼魂，首先要澄清的是，藍可兒一直都是居住在五樓。他當成了四樓是藍可兒居住的樓層，是因為不少外國傳媒在報導藍可兒事件時錯誤引用了警方的資料，導致事件發生初期不少人認為藍可兒住在四樓。因此，這條靈異影片的大前提並不成立。

　　還有一個傳聞非常有名，其中提到，一名來自西班牙的網民在

瀏覽暗網討論區 Torchan 時，看到一個討論藍可兒事件的帖子，有一位回覆者提到他認識發現藍可兒遺體的工人，並且知道事件的真相。

這名西班牙網民聯絡了此人。那人自稱是一名精神科醫生，他的一位病人是當日發現藍可兒遺體的酒店員工。該員工與同事到頂樓水箱調查水壓不足的問題，結果在水箱中看到的不是真正的屍體，而是一個腐爛發臭的人型生物在水箱中游泳。他的同事嚇到從水箱墜落，頭部着地死亡，事後他被塞了一筆掩口費要求保密，並且需要離職和接受精神科治療。

這個傳聞可以說是所有傳聞中最匪夷所思的。它被很多人認為是藍可兒遭到邪教綁架的證據。死者最終變成了一個「人形怪物」，則是捲入神秘實驗或者儀式的結果。

但是很明顯，這個傳說是虛構的。首先，美國警方在藍可兒失蹤之後已經調查了每一位酒店員工，並且有一份詳細的員工名單。我翻查了這份名單，顯示並無任何員工在藍可兒事件發生後離職或失蹤。實際上，在這個不幸的事件過後，該酒店先後遭到藍可兒父母及酒店客人控告。發現藍可兒遺體的員工 Santiago Lopez 多次出庭作證，期間對答如流，完全不是傳聞中所講，嚇到精神失常、語無倫次、不願提起當日的事件等等，他發現屍體後依然在酒店工作。這些事實都是有法庭記錄的。

其次，我查找了傳聞中提到的暗網 Torchan 中的每一個版面的每一個帖子，都沒有關於藍可兒的詳細討論，更別提這位西班牙網民和精神科醫生的留言。這也是預料之中的，因為 Torchan 是屬於剛接觸暗網的網民的入門網站，幾乎和表網一樣任何人都可以瀏覽和留言。它的內容也十分空洞，充斥着色情資訊和詐騙，連像樣的陰謀論討論都找不到。我認為即使有人知道一些不為人知的真相，也不會挑選這種網站作為洩密的地點。

$\bullet\ \bullet$

此外，這個故事在西方國家幾乎無人知曉，無論在暗網還是表網、英語圈還是西班牙語圈，都很難找到關於這個故事的任何討論，因此這個故事是虛構的可能性非常之高。

洛杉磯警方的調查

根據洛杉磯警方的驗屍報告，死者是一名二十一歲亞洲人女性，體重一百二十一磅，身高六十六吋。死者的衣物和隨身物品在水箱內找到。警方始終沒有找到藍可兒的手機。

死者左邊膝蓋有一吋的疤痕，右邊有膝蓋有四分之一吋的圓形擦傷，這兩處全不是新的傷痕。手腕並無傷痕，無發現紋身，屍僵已經消失，無發現屍斑。頭部正常，覆蓋着棕色頭髮，且頭髮可以用筆直來形容，無脫落的跡象。意指頭髮並沒有被人拉扯過。

眼部檢測表明虹膜是棕色的，鞏膜是正常的白色，沒有發現點狀出血，意思是說死者並非被人勒死。口鼻通道沒有堵塞，上下排牙齒都存在。頸部沒有異狀。胸部沒有變形，身體直徑並無增加，腹部是平坦的。性器官與成年女性無異。肛門出現水腫，圍繞肛門的皮下組織積血。這些積血不是因為性行為造成，而是屍體分解的自然過程。四肢無浮腫、無關節變形，無異常可動性。

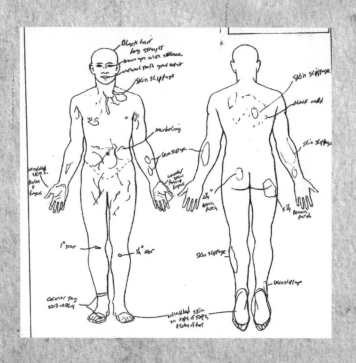

　　這說明了藍可兒的遺體被發現時四肢異常扭曲這一傳聞是假的，我調查了這個傳聞的來源，發現並沒有權威的英文報紙引述過遺體四肢扭曲的傳言，就連網友的討論也沒有提到。但是在中文的媒體中，這個說法經常出現，相信只是源於媒體之間互相轉載錯誤

訊息，並無事實根據。

屍體有溫和的腐爛，因事發時間是一月，氣溫非常低，因此屍體保存較好。下肢以外的部分開始變綠，這是因為死後人體會被細菌腐蝕分解。大腿上側出現大理石斑，是死後血管浮現在皮膚上的一種現象。臉部、胸部、背部、雙手及左腿的皮膚因長時間浸泡出現褶皺及滑移，與一般長時間浸於水中的屍體無異。體內組織和內臟出現水腫。遺體上並無非治療性的穿孔或針孔，代表藍可兒死前並沒有被針刺。

根據警方的調查報告，藍可兒有雙極性情感疾患的家族病史。此病的患者在不同時間，會循環經歷躁狂和抑鬱兩種極端的情緒。而藍可兒也因為此病被處方五種精神科藥物：Dextroamphetamine、Lamotrigine、Quetiapine、Venlafaxine 和 Bupropion。雖然這五種藥物對於讀者來說可能非常陌生，不過這些藥物在整個事件上扮演非常重要的角色。

嚴重的躁期除了情緒會非常亢奮外，還可能引起思覺失調症狀，包括幻覺、妄想、偏執、失去判斷能力、精神運動性激躁（Psychomotor agitation）等。精神運動性激躁的症狀一旦出現，身體可能因為焦慮和緊張而做出不尋常和無法控制的怪異動作。典型的精神運動性激躁動作包括：走動、揮舞手部、無法控制地說話和做出表情、脫下衣服。

即使藍可兒的遺體被發現時已死去接近三週，但是法醫要進行準確的毒理測試還是綽綽有餘。法醫對心臟內部的血液、肝臟中的酶和膽囊中的膽汁進行測試，這些內部器官都是不會那麼快受到身體腐爛影響的。毒理報告顯示，藍可兒在死亡當天沒有服食違禁藥物和酒精，也沒有找到可以使人失去意識的物質。報告也顯示她曾服食 Venlafaxine 和 Bupropion，這兩種藥物都是抗抑鬱劑，但是她並沒有服食另外兩種思覺失調藥物和治療躁狂期的情緒穩定藥物。

還原事件真相

在此我應該先強調一些很多人都忽視的線索。藍可兒最先是在 1 月 28 日入住酒店五樓的一間共享房間。可是，兩天後她被同房不過不認識的室友投訴她時常表現出怪異行為（odd behavior）。因此藍可兒被調往同在五樓的單人房間。這證明了當時藍可兒的精神狀況已經非常不正常。

酒店附近書店的店員在藍可兒死前一天曾經看見她選購紀念品，對她外向、好動和手舞足蹈的表現留下了深刻的印象。店員的印象證明藍可兒當時處於雙極性情感疾患的輕躁期。

正如驗屍報告記載，藍可兒只服食了抗抑鬱劑。如果雙極性情

感疾患的病人只服食抗抑鬱劑，而無情緒穩定藥物的輔助，會有引發躁期的風險，而處於輕躁期的患者服食抗抑鬱劑，更會使躁期的病情愈發嚴重。這一影響在多種抗抑鬱劑的臨床試驗中都很常見，長遠甚至會使其雙極性情感疾患惡化。故此推斷藍可兒在 1 月 28 日時，情緒已經因為缺乏情緒穩定和思覺失調藥物而非常不穩定。

從警方的影片和以上分析，就能解釋藍可兒在電梯裏的怪異動作。當田，處於躁期的藍可兒走進電梯，從影片一開始我們就可以看見，藍可兒的手部動作比常人要誇張許多，她先將右手抬起，在空中停頓了一下，才按下一排樓層鍵，可見當時她確實處於很不正常的精神狀態。但是，電梯門無法關上又是為什麼呢？這不是什麼靈異事件，只是因為塞西爾酒店的電梯設計，比常見的電梯多了一個功能。

我們平時乘搭的電梯，只有開門鍵和關門鍵控制電梯門的運行。如果有人想要保持電梯門開着，比如說等人，或搬運一些貨物時，就必須一直按着開門鍵才行。可是這間酒店的電梯多了一個 Door Hold 鍵，按下這個 Hold 鍵之後電梯就會一直打開，乘客必須按下關門鍵，或是有其他樓層的人呼叫電梯，它才會運行，否則它數分鐘都不會關門。這個聽起來還蠻有用的功能，不論是在香港還是美國都非常少見，當時已經有點神志不清的藍可兒也忽視了這一事實。

　　影片顯示她進入電梯後，從上到下按了中間一排按鍵，順序為14、10、7、4、M、B 和最底下的 Hold 鍵，她沒有按下位於右邊的關門鍵。她按下一排按鍵的動作是非常隨意的，處於躁期的她根本沒有留意自己按下了哪些鍵。在影片中，電梯門將要關閉的時候收到 Hold 的訊號瞬間打開。看到電梯遲遲沒有運行的她，沒有想到這是因為自己無意中按下了 Hold 鍵的結果，一開始只是認為電梯門壞了。

　　滿腦子問號的她站在電梯一角等待了數秒，希望電梯趕快關

門，不過電梯依然沒有關上。這個奇怪的現象令她有點煩躁，甚至帶有不安，是不是有誰在外面按住電梯了？她當時這樣想道，於是緩步向前，將身子探出電梯左右窺探。但是她並沒有看見任何人。退回電梯內的藍可兒顯然非常害怕，在她的腦海中也許有一個不存在的「人」在捉弄她。這也是正常的，相信就算是一個正常人，在電梯突然失去反應時也會有點緊張，迷信的人還會加些亂神怪力的想法，更何況是一個處於躁期的病人？這令藍可兒的症狀愈發嚴重，開始失去了理智和判斷能力。她妄想有人想要謀害她，甚至出現思覺失調的症狀。

　　藍可兒像是害怕地躲避什麼人一樣，不斷進出電梯、四處張望，然後跑出去電梯外面等待，這是因為她想看看到底是誰弄停了電梯，可是叫停電梯的唯一按鍵就在電梯門口，她怎麼也搞不清楚發生了什麼事。

　　之後藍可兒再度回到了電梯內，又一次按下了電梯中央一排的按鈕，最後還是多手按了一次 Hold 鍵。理所當然，電梯沒有啟動。她一邊整理頭髮一邊走出電梯，顯示她的心情非常緊張。走出電梯後，藍可兒不斷揮舞手臂，並且做出像是在與誰對話的動作，這些誇張動作很明顯源自於她處於嚴重躁期引發的精神運動性激躁症狀，甚至有可能因思覺失調產生幻覺。我們沒辦法知道她幻覺的內容是什麼，總之最後她從電梯的左方離開，來到了酒店外的走火通道懸梯，爬上了一層來到了屋頂，最後進入了水箱淹死。

根據警方的資料和影片顯示，藍可兒是在十四樓進入電梯，那麼藍可兒為什麼會在深更半夜跑到十四樓去呢？在討論這個問題之前，我們必須考慮藍可兒有沒有被殺害的可能性。警方在調查了酒店大堂和電梯的閉路電視錄影之後得出結論，並沒有外來者入侵，酒店的住客和員工也沒有可疑，因此警方的調查人員傾向相信藍可兒是自行進入水箱的。

　　正如警方所說，兇手將藍可兒丟進水箱溺死的可能性不大。雖然可能與印象不符，但其實用溺死來謀殺是非常罕見的，除非案件是在海、河、湖等遠離人煙的大型水源附近發生。這是因為受害者不會即時死亡，謀殺者如果沒有先令受害者失去意識，受害者在水中會不受控制的叫喊，謀殺者被發現的風險很大。當然有人會覺得，可能藍可兒當時已經昏迷，是被抬到頂樓丟進水箱中。但是如同上面驗屍報告所述，藍可兒身上沒有外傷，也沒有受藥物影響，完全沒有她失去意識的證據。故此可以肯定她入水時是清醒的，她被推入水中殺害的假設就幾乎已被推翻。

　　更何況，如果兇手要將藍可兒藏屍於水箱之中，他必然會將水箱蓋蓋上，這不但可以降低水箱內的聲音，拖延警方發現屍體的時間，更是殺人藏屍者的自然反應。可是酒店員工在發現藍可兒屍體時，水箱蓋是打開的。唯一的可能性是兇手故意打開水箱蓋將藍可兒的死偽裝成自殺。可是這樣做的風險很大，前文也提到，如果藍可兒沒有及時死亡，其呼叫、掙扎的聲音長一秒鐘，就有多一份引

起別人注意的可能。倘若兇手是一個深思熟慮到會偽裝自殺的人，他絕對不會任由水箱蓋打開。

　　藍可兒死亡事件中還有一個重點，就是警方始終沒有找到藍可兒的手機。這在事件發生初期，被媒體報導成有人盜取了她的手機後將她殺害。但是經過警方調查，發現藍可兒早在她的網誌中寫道，自己的手機已在一間酒吧遺失。那是她朋友送給她的一部二手黑莓手機，即便如此她還是覺得非常可惜。也有網民因此推理在酒吧中有人盯上了一個人旅行的藍可兒，盜取了她的手機然後查出她所住的酒店，最後將她殺害。不過正如前文所說，警方並沒有發現可疑人物出入酒店，而且藍可兒並沒有被施暴的痕跡，這個假設也被推翻。

　　對於藍可兒為什麼要跑到十四樓這一個問題，警方沒有在報告中給出答案。因為無法取得電梯的監視器其他片段，我們也無從判斷藍可兒在十四樓逗留期間做了什麼。所以我們只好自己推理。

　　其中一個線索是來自當晚三至四樓發生的事件。根據一位八十九歲、在酒店三樓居住超過三十二年的住客 Bernard Diaz 所述，當晚聽到四樓有很吵的聲音。酒店的職員告訴他三至四樓的水渠堵塞，四樓的公用廁所出現水浸。這間酒店因為有共用房間存在，每一層都設有一個公用廁所和浴室，即使是單人房間，也不是每一間都有淋浴設備，所以也有使用公用廁所的需要。

根據驗屍報告，藍可兒的膀胱中並沒有發現尿液，這說明了藍可兒在死前很短的時間內曾經如廁。綜合這些線索，以下是我個人的推測——五樓的廁所也因為三到四樓的堵塞出現異常。對於廁所不能使用極度不滿、煩躁的她情緒病劇烈發作，為了找到一個可用的廁所，才會做出異常的行動，一舉來到十四樓的廁所如廁。最終就是上文所說，她的病情突然惡化，出現幻覺或自殺念頭後，爬上頂樓水箱自殺或意外溺死。

　　當然，這只是一個天馬行空的想像，只有她膀胱沒有尿液這一點作為證據，其實這也有可能是她在遇溺過程中失禁，或是屍身腐爛產生的氣體使膀胱中的尿液排出的結果。

　　可是無論如何，我都認為藍可兒當晚萌生了自殺的念頭。對於她自殺的假設，還有一個關鍵的證據，就是她沒有掙扎的痕跡。一般被推下水或意外遇溺的人，遺體上或多或少都會有掙扎產生的傷痕，比如說因為不想沉下水底而用手抓住水箱的內壁，這會導致手指出現傷痕，甚至是指甲剝落。這些在藍可兒身上都沒有發現。因此我認為，自殺比他殺或意外更為可信。

　　根據精神病學的研究，雙極性情感疾患者雖然會經歷情緒高漲，但是他們的自殺機會要比單純的抑鬱症還高。那麼藍可兒的病情真的嚴峻到會有自殺念頭嗎？答案是肯定的。雖然媒體經常將藍可兒描繪成一個陽光少女，但事實並非這樣。從藍可兒的社交網站

和部落格就能看出，她表面上非常活潑，但是內心卻非常陰暗、時常會因為一些小事失落很久。她是一個內向的人，也曾表示自己只是故作堅強，不得不迫自己與人接觸。在抑鬱發作時藍可兒會和普通的患者一樣收起自己，或是兩天不離開房間。她在部落格中多次發表討厭自己、對未來沒有希望等內容，也會撰寫長文分享她的煩惱和負面思想，她在一篇網誌中甚至提到：「我完全無法控制自己的情緒。我會突然憤怒兩分鐘然後再次沮喪起來，我會高興半個小時然後再次變得情緒化。我已經超過三年沒覺得舒服過了。這次復發令我覺得我的病一點都沒有進展。」這些話她沒有對身邊的人說過，知道她有精神疾病的朋友只有幾個而已。因為她並不信任自己的朋友，並且覺得網上才是一個可以自由表達自己的地方。所以說，藍可兒離開電梯後出現幻覺，聽到不存在的聲音叫她自殺，最後一時衝動而付諸實行是最合理的解釋。

結語

如何客觀地分析藍可兒事件是非常重要的。我們在注視一件事件太長時間之後，就會開始把沒有關聯的事物和它拉上關係，如果我們鑽牛角尖認定這是殺人事件，就會找一些疑點作為這是殺人事件的證據。經過分析之後，就能發現有很多所謂證據都是不存在的。

當然，以上的推理都是建基於洛杉磯警方的調查和法庭的審訊都是公正的這個大前提之上。有極端的陰謀論者認為，洛杉磯警方和法庭都受到邪惡勢力的操控，故意製造虛假證據來掩飾藍可兒遭到殺害的事實，那我也無從反駁。因為，要證明不存在的事物是不可能的。在邏輯學中，這稱為「惡魔的證明」（probatio diabolica），指的是如果惡魔存在，只需要把惡魔召喚出來就可以證明其存在，但是如果惡魔不存在，我們就永遠無法證明其不存在，召喚不出惡魔也可以說是由於力量不足。

　　對於這種空泛的猜想，應使用奧卡姆剃刀原理進行規範的思考。也就是說，沒有證據支持的假設、相對不可能的假設，我們應該用剃刀將他們消除，無需拿出來討論。如果有人堅持相信有不可對抗的邪惡勢力參與其中，那也可以考慮我這個假設——藍可兒並沒有死去，而是隱居到南美，和貓王、米高積遜、李小龍一起。

相傳互聯網上有一個叫 Professor PowPow 的神秘 Youtuber，他不但將暗網的內容製成短片，更破解了大量流傳已久的都市傳說，因此有許多人稱他為「都市傳說殺手」。有網民認為他製作的影片內容過於敏感，曾被 FBI 抓走問話，到底這個都市傳說的真相是怎樣的呢？

……我真的在網上看過類似的留言，在討論我的真實身分、有沒有開罪過美國特工等等。在部分人的心中，PowPow 這一人物，也許和殺手傑夫、瘦長人一樣是傳說中的角色。人類的想像力就是如此豐富，這就是為什麼我們可以創作出這麼多動人的傳說。也因為眾人美妙的想像力，在我製作影片的這些年，得到了一個意想不到的稱號——「都市傳說殺手」。這便是本書書名的由來。

將近半年的寫作歷程終於告一段落，這半年間我 Youtube 頻道的訂閱人數增加了接近一倍。能夠得到觀眾和讀者的厚愛實在是我的榮幸。在接受多間媒體訪問時，記者們最常問的問題是，PowPow 破解了這麼多都市傳說，那麼你應該是一個學識淵博的人吧？這個問題即使是要我回答一百次，我也必須說：「不是。」事實上，我破解每一個都市傳說都需要大量時間查證，在製作影片的過程中，我可是學到了不少之前聽都沒聽過的知識。寫作本書時，

我也深深感受到自己能力不足、詞彙貧乏，令我打算日後一定要多寫一些短文來提升自己的文筆。

　　PowPow 之所以能以這樣的形式與各位讀者見面，全賴紅出版及陽光文學投資者們的賞識，以及紅出版的編輯 Rebecca 及其他工作人員的辛勤努力，一定要對他們致以衷心的謝意。在此亦必須感謝：以近乎角色扮演的方式和我重演都市傳說中的情節的女朋友；在我剛開始寫第一章時就答應我一定會買來看的幾位老朋友；幾乎能背下我的影片、現在已成為我的好朋友的狂熱粉絲；對我的 Youtube 頻道提供許多協助的經紀公司的朋友；以及充滿創作熱情，不吝與我合作的各位 Youtuber 前輩。

　　當然最重要的是，手持這本書的每一位讀者，以及所有看過我的影片或已經訂閱 Professor PowPow 頻道的觀眾。開始撰寫這本書的時候，我 Youtube 頻道的訂閱數只有十一萬人；待到撰寫這篇後記時，竟然已邁向十八萬人。我將這一切歸功於各位的功勞，將來有誰問起是什麼推動我繼續製作影片及講解都市傳說，我會毫不猶疑地回答——觀眾的支持就是我最大的動力。

Professor PowPow

2018 年 4 月 30 日

MYTH KILLER

都市傳說解密

作者：	Professor PowPow
編輯：	黃斯淳
設計：	4res
出版：	紅出版 (陽光文學)
	地址：香港灣仔道133號卓凌中心11樓
	出版計劃查詢電話：(852) 2540 7517
	電郵：editor@red-publish.com
	網址：http://www.red-publish.com
香港總經銷：	香港聯合書刊物流有限公司
台灣總經銷：	貿騰發賣股份有限公司
	地址：新北市中和區中正路880號14樓
	電話：(886) 2-8227-5988
	網址：http://www.namode.com
出版日期：	2018年7月 (初版)
	2018年8月 (第二版)
	2019年3月 (第三版)
圖書分類：	流行讀物
ISBN：	978-988-8568-50-5
定價：	港幣118元正／新台幣470圓正